Quero dançar até as vacas voltarem do pasto

Marcelo Ferlin Assami

primeira edição

Editora Draco

São Paulo

2012

Marcelo Ferlin Assami
participou das coletâneas da editora Barracuda A *Visita*, com o conto *Até quando, Marcos Jr, abusará de nossa paciência?* e *Wunderblogs.com*, primeira antologia brasileira de blogs. Na Draco, publicou em *Imaginários v.* 3 (2010). Redator, trabalhou nas editoras A Girafa e Publifolha, foi colaborador da seção *Guia* da Rolling Stone brasileira e é resenhista-colaborador da revista *Dicta & Contradicta*, onde publicou o conto *Cartas Etíopes*.

Publisher: Erick Santos Cardoso
Produção editorial: Janaina Chervezan
Arte: Ericksama
Capa: Ericksama e Marcelo Ferlin Assami com participação especial do mestre Egon Schiele (1890-1918).

Dados Internacionais de Catalogação na Publicação (CIP)
Ana Lúcia Merege 4667/CRB7

A844

Assami, Marcelo Ferlin
Quero dançar até as vacas voltarem do pasto / Marcelo Ferlin Assami. – São Paulo : Draco, 2012.

ISBN 978-85-62942-65-5

1. Ficção brasileira I. Título.

CDD-869.93

Índices para catálogo sistemático:
1. Ficção : Literatura brasileira 869.93

1ª edição, 2012

Editora Draco
R. José Cerqueira Bastos, 298
Jd. Esther Yolanda – São Paulo – SP
CEP 05373-090
editoradraco@gmail.com
www.editoradraco.com
www.facebook.com/editoradraco
twitter: @editoradraco

Os anjos de agosto

Marcos e alguém da escola.
– Você tem duas irmãs?
– Três.
– Legal.
– Duas são gêmeas.
– E como elas são?
– Iguais.

Cena um

Com guarda-chuva e sobretudo, Gil folheava um livro no centro da praça. Esperava que Bruna conseguisse ler o título através da garoa. Gil era sensível a todas as modas. A moda deste sábado era ler sua edição de *Os Ratos*, que Marcos e Marcelo haviam descoberto por acaso em maio, quando a moda era comprar edições antigas e raras.

"Você está mais pálida. Quer casar comigo?"

Chovia a manhã inteira, uma garoa fina que engrossou e molhava tudo.

Bruna trazia no tubo de plástico uma reprodução do pintor holandês. Preso à correia do tubo, um alfinete que usava para segurar os fones de ouvido. O cabelo da mulher era o que Marcos Jr chamava de selvagem, a franja avançava sobre os olhos, o cabelo cobria a ponta das orelhas. O cabelo escorria sobre a nuca, que Bruna mantivera descoberta por muito tempo, precisava de outro corte. Bruna não ouvira a declaração de Gil. Antes da chegada das gêmeas, Luciana e Victoria trouxeram café numa garrafa térmica e uma garrafa pequena de whiskey. Os quatro tomavam café. Victoria distribuíra pires e xícaras de porcelana, que eram cobertas pela garoa fina. Gil tentou mais uma vez:

"Ela está mais pálida, não está? O que ela está ouvindo?"

Helena e Renata, as gêmeas, corriam com o presente do irmão.

"Não vai ser surpresa se a gente chegar lá com cara de que trepamos todos juntos." Mas ninguém ouvia Gil, que se esforçava para manter o livro fechado.

*

As gêmeas dormiam na mesma cama. A garota olhava as irmãs que dormiam abraçadas na mesma cama. Renata:

– Odeio todo mundo, todo mundo. Odeio tudo.

Helena:

– Eu também. Você me odeia?

Renata:

– Eu te odeio, odeio tudo em você.

– Eu também estou envelhecendo.

– O que vai ser da gente? Eu queria morrer.

– Quem não queria morrer?

– Ela? – e Renata apontou para a mais velha. E a irmã mais velha não se mexia nem falava.

– Será que ela morreu mesmo?

– O que vamos fazer?

– Vamos fazer o mesmo que fazemos, nem mais nem menos.

– E se ela morreu? Ela está respirando?
– Deve estar.
Ao ouvir a resposta da irmã, a mais velha parou de respirar.

*

Bruna queria dormir. A casa era ocupada por muita gente, entravam e saíam, ela era expulsa de todos os cômodos. E quando aceitou dormir na garagem, o padrasto precisou buscar uma sobrinha no aeroporto. Bruna se acomodou na entrada da casa, escondida atrás dos bancos de pedra, ocupados pelas malas e pelos amigos de Marcos, seu meio-irmão.

Bruna se movimentava com leveza, mesmo cansada, mas era dada a explosões de energia, quando parecia brusca e cheia de raiva. Observar a mulher era diferente de ouvi-la, a fala parecia impaciente e o ouvinte pensaria que ela tem muito esforço para produzir as palavras. Agora que era expulsa da frente da casa e devia entrar e procurar algum canto vago pelos quartos, Bruna grunhia saudações a pessoas que ela não se lembrava de já ter encontrado naquela manhã. Era difícil falar. Herdara da mãe o silêncio e o que chamavam de preguiça, o modo como os gatos acumulam energia. Preferem fazer parte da paisagem a admirá-la. Ela tem 27 anos. As roupas secam no quintal da casa de Mara. Bruna emprestou uma bermuda comprida e uma camiseta da mãe. E as botinas cor de café que Mara não usava mais para trabalhar no jardim.

Mara e Bruna mantinham o mesmo cabelo curto, mas o corte da mãe era mais cheio e ressaltava seu queixo. O corte da filha era batido atrás, diminuía ainda mais a sua idade. Muita gente se surpreendia com as semelhanças entre ela e a mãe.

Ontem Bruna circulava pela cozinha aos pulos. Pulava, cantarolava enquanto derrubava as embalagens e os potes. Bruna havia segurado a caneca com as duas mãos, sentada no banco no centro da cozinha. Camiseta de tecido quase transparente. Apoiou os calcanhares no suporte entre as pernas do banco, a mãe resolvia lavar todas as roupas da filha, ao mesmo tempo.

Houve um tempo em que conseguia ficar bem acordada e conseguia dormir. Quando era criança. E todos os dias pareciam iguais e cada ano escorria num tempo próprio, particular.

Você está horrível.

Acabei de acordar, respondeu Gil.

Vai sair da cama?

A cama do Jr é mesmo muito boa, recomendo. E você também não parece muito bem. Sono?

Bruna acenou e sentou ao lado de Gil. Gil encarou a mulher, admirava Bruna, mas ela fechou os olhos, a mente se abria para os sons da casa, as vozes, a própria respiração. E Gil falou:

– Então, vou levantar. A cama dele é muito boa. Recomendo.

– Gil?

– Sim?

– Cale a boca.

Bruna revirou-se na cama e escorregou para o lado de Gil.

– Posso falar uma coisa?

– Eu estou dormindo.

– Bruna, eu vou levantar. Eu estou sem roupa e esperava mais alguém além de você. Esperava outra pessoa, mas, agora que você está aqui, você é tão bonita, e eu sou uma pessoa afortunada, ou tento ser.

Bruna encontrou Renata no corredor.

– Eu posso ir para sua casa dormir?

– E o quarto do Marcos?

– O Gil está lá, com aquela menina de nome estranho. Quase conseguindo dormir e ela saiu do banho, não me deixaram ficar lá.

– É sempre assim com você.

Bruna encontrou Dimitri no carro da mãe. E Olga. O casal de gatos ocupava os bancos da frente. Bruna se deitou no banco de trás, apoiou as botinas contra a janela, e logo Dimitri subia sua barriga e Olga tentava se acomodar em seu peito.

*

(Para uma quarta-capa)

Gil pergunta para Victoria:

– Eu queria saber no que é que você pensa quando se masturba.

*

Quando o tradutor entrou no salão, a enteada e o homem velho se afastaram.

– Você tem algo a dizer?

– Nada que você queira ouvir. Quer saber para onde a conversa ia?

– Eu sei.

Padrasto e enteada olhavam a baía da sacada do apartamento.

– E?

– Quer saber se estou bravo? Se estou chateado? Ou quer saber se tenho algo a te dizer?

– Coisas assim, pai.

– Eu estou com fome. Você sente fome?

O tradutor levou a enteada até a cozinha. Enquanto esperava o molho de queijo esquentar, o pai cortava o pão. Eram como pai e filha. A menina separou fatias de presunto e de pastrami. O pai despejou o macarrão do escorredor para uma frigideira com manteiga e pasta fresca de alho. A filha passou requeijão e patê nas fatias de pão italiano.

– Você se lembra, Artemisia era uma pintora.

– Lembro e sei o que você quer dizer. E o molho está bom.

Deixou a garrafa na mesa, sem olhar para trás.

O velho Marcelo entrou na cozinha. Vinha da varanda, com as mãos geladas. Tinha um olhar divertido para Marcelo o tradutor e para a enteada daquele homem, Luciana.

Éramos cinco meninas e meu pai e o Marcelo. Pensei que um ia ficar bravo e o outro ia ficar triste. Ou ia ficar sem expressão, como ele sabe fazer, com a cara toda cínica, mas os dois tinham os olhos brilhantes. Adultos, disse o documentário na TV, conseguem se entender. Estou congelando. Abri os olhos e tudo continuava escuro. Estou embaixo de algum lençol, mas está frio.

As duas sentadas juntas. E uma passou a garrafa para Helena.

Pararam para uma delas vomitar.

Fodiam dentro do carro. Depois me contaram que era o que faziam. Fodiam assim porque tinham um carro. Como desculpa, contavam a mesma história, você está numa cidade do interior e não há nada para fazer. Bebe-se muito no interior.

O velho fala para Bruna:

– Sua mãe passou aqui, Bruna. Ela deixou um pacote de macarrão. E duas garrafas de vinho. Parecem do bom.

– Deve ser o que o Marcos sugeriu. E o meu chianti novo.

Pergunto se são caros.

– Para o nosso país, sim – Marcos Jr responde depois de fazer cálculos.

– Por que você vive oferecendo vinhos medíocres para sua irmã? – pergunta o velho.

Na sacada, meu pai e o velho voltam a conversar. Marcelo o velho:

– "Meus olhos viram a glória da chegada do Senhor", eu gosto de dizer certas coisas a certas pessoas.

– Posso entender.

– Você não é tão velho quanto gostaria, não é?

– Ainda não terminei de criar minha menina, se é isso que te chateia.

– Não vai acreditar se eu disser que não sabia que a amiga da Victoria era sua filha.

– Acredito que não faria nada diferente do que fez se soubesse.

– Somos tão parecidos? Nosso amigo, o advogado, ele quem mandou as duas para a minha casa. Eu tenho outro livro, daquela série que comentei, que deve chegar semana que vem em casa.

– O prazo é o mesmo?

– É.

– Vai fazer café para seu velho amigo?

– Por que não? Você sabia que bebo mais café do que água pura?

Ela só quer se matar em um dia de vento

Do outro lado da cidade, Marcelo dos Anjos esperava a neta acordar. Mara abriu os olhos depois que teve certeza de que o avô sabia que ela estava acordada.

– Temos café, se você quiser. E croissant. E outras coisas.

– Obrigada. Bom dia.

E espreguiçou-se. As camas na casa de Marcelo eram grandes. O colchão de Mara balançava por causa das molas. Os outros Marcelos chamavam o dos Anjos de cientista porque deduziam que a menina era filha dele com a própria filha.

O velho tinha uma arma carregada, sob o casaco.

– Gabriel. Veio cobrar satisfações que você acha que eu devia a seu pai, estou certo?

– Vim falar com a Mara. Onde ela está?

O que você quer falar com ela? Veio machucar sua irmã mais um pouco?

Mara dos Anjos

Mara dos Anjos não queria viver. O que há no mundo para mim? Palavras são bonitas, vazias. Vendo todo mundo ali no palco declamando aquilo, alguns pelados, outros com maquiagem pesada em volta dos olhos. Queria falar as frases dos outros. Viver a vida dos outros. Ela não queria voltar a estudar, não queria continuar no casarão com os irmãos.

Mara decidiu ficar na cama. Ela passa a ponta dos dedos sobre o ventre. Pode sentir o dia frio lá fora, o mesmo cinza dos sonhos. Miguel espreguiçou antes de tocar a irmã, com a ponta dos dedos. As unhas dele continuavam compridas.

Traçou com a unha a linha que descia pela mecha de cabelo até a pequena cicatriz na face de Mara.

*

Os netos de Marcelo moravam no casarão no final da rua. Luciana, Gabriel, Mara, Miguel e Rafael encontraram janelas quebradas e a varanda com a madeira apodrecida e os muros tomados de limo e hera. Pouco sol chegava ao casarão, as árvores tomavam toda luz e todo calor. A prefeitura derrubou as árvores e o casarão se encheu de sol. Muito antes da rua e das casas o casarão era isolado por um bosque.

Os irmãos mobiliaram o casarão com o que ainda possuíam. Alguns quartos ficariam vagos, cheios de entulho e velharias. A fiação antiga foi restaurada. Os banheiros eram grandes, dois tinham banheiras velhas que funcionavam. Os banheiros e a cozinha foram repintados pelos irmãos. No inverno, as primas se mudavam para o casarão reformado.

A irmã mais velha

Era uma vez. A menina mais velha leu para a menina mais nova. E a mais nova repetiu a fala da mais velha: Éa uma veis. Estava escrito na parede do quarto, ao lado da porta.

A menina mais nova tinha um livro no colo e ria da menina mais velha, que era chamada de Luciana pelos outros irmãos e irmãs e primas. Luciana, que não ligava para a brincadeira da mais nova, estava intrigada com a frase rabiscada. Repetiu-a baixinho.

– Maia... – a mais velha começou e parou.

Mara respondeu com a mesma voz de Luciana. Luciana perguntou a Mara: por que você fala assim comigo? A mais nova fechou o livro. Porque meu nome, desgraça, é Mara. Ma-ra. Luciana pergunta à irmã: Mara, quem escreveu na parede? Ela não pronuncia os erres.

Mara não gostava da mais velha. Pensou que nunca havia gostado. Ninguém na casa gostava mesmo de Luciana.

– Como é que eu vou saber? Não foi você? Sei lá, Lu. Deixa eu ler, vai.

– Ah. Maia, Maia. Escuta.

Mara escutou o apito. Vinha do outro lado da rua.

– Maia, Maia. – e disse algo que Mara traduziu como "eu vou lá foram comprar sorvete pra você".

Mara não reabriu o livro. Não conseguiu mais reabri-lo. Raios de sol entravam pelos buracos nas folhas de jornal coladas ainda na janela, iluminavam a poeira em suspensão. As primas iam trazer as compras e ela não teria mais sossego. Tratavam as primas como se fossem da família. Sentada no chão de ripas envernizadas, pernas cruzadas e costas retas, Mara não conseguia voltar ao livro. No livro havia um mundo mais bonito. As frases eram difíceis. Mara se esforçava para entender tudo.

Mara e Marcelo dos Anjos

Podia ver as pernas do velho para fora da poltrona. A menina parou na entrada da biblioteca. Mara não tirou os olhos do velho. Calça e camisa pretas. Rosto enrugado, cabelos brancos, ralos, arrepiados. Não dizia que era feio, ainda era magro e ainda era elegante. O velho entrelaçou os dedos sobre o joelho da perna dobrada.

– Marcelo, o senhor não gosta da gente?

– Eu gosto de você.

– O que você está dizendo? – Mara se perguntou se o avô estava gagá, era o assunto da família, quando lembravam dele, aquela criatura, a coisa que os envergonhava lá do outro lado da cidade.

– Daqui a pouco você vai embora de novo. Vai deixar de existir. Depois eu vou te ver de novo, não vou? Por que você veio? Por que você vai? Pra mim você deveria ficar comigo. Você não é como os outros.

Era o que Mara queria ouvir.

– Não. Eu sou diferente – Mara encarou o avô – E o senhor também é, eu acho.

O velho mostrou as palmas das mãos à menina antes de se levantar e tocá-la. As mãos do velho desciam pelas costas de Mara.

– Você roubou meu livro.

– O senhor queria que eu devolvesse? Achei que o senhor tinha tantos.

– Se você estivesse aqui poderia ler todos os meus livros.

O velho parou as mãos sobre a cicatriz da neta, sem intenção de tocá-la.

– Eram histórias legais. Eu estou gostando.

– Por que parou de ler?

– Eu achei que o senhor tinha levado de volta.

– Não. Alguém pegou. Eu não atravessaria a cidade. Você quer outros livros?

– Queria terminar aquele. Será que foi alguém lá de casa? – Mara não sabia quem podia ter escondido o livro. Não eram os meninos. Nem as primas. Nem Luciana faria isso.

– Você quer dormir aqui?

– O senhor deve se sentir muito sozinho.

O velho se aproximou tanto da menina que um sentia a respiração do outro.

– Gosto de ficar comigo mesmo. Eu quero passar um tempo com você. Não quero ver teus irmãos. Gosto de você, da sua irmã retardada.

– Não precisa falar assim dela.

– É o que ela é.

– Você perde a paciência com todo mundo.

– Nunca vou perder a paciência com você. Mesmo que você me deixe de novo – o velho disse. O velho sorriu. E Mara sorriu.

O velho trouxe duas xícaras de café da cozinha. Tomava café o dia inteiro.

*

Era a terceira semana. Marcelo se deixou levar pelas duas mulheres. Mara e Luciana o arrastaram para a cama. Luciana deitou-se ao lado do avô e o abraçou. Mara fez o mesmo.

O velho

*

Marcelo partiu a fatia de bolo e enfiou um pedaço na boca da neta. Vai ficar estragada desse jeito. O senhor me estragou. Mais? Obrigada. Marcelo deixou o prato escorregar para o chão e deixou-se cair na cama. Fechou os olhos. Suspirou.

– Estou exausto.

– Eu também.

– Muito trabalho na sua casa?

– E também a Lu. Às vezes ela é um saco.

– Falei para deixar ela numa instituição. E me ouviram? Não. O que ela faz? Aprendeu algum serviço? Ela te ajuda pelo menos?

– Eu achei que iam deixar ela num canto se eu não fizesse nada.

Luciana descobre o sistema econômico

Luciana, não a dos Anjos, tentou continuar na cama. Sem se mexer. E tentava voltar a dormir. Victoria fazia o mesmo do outro lado da cidade. Luciana ouvia os passos da mãe, a mãe deixava a cozinha. A mãe se aproximava, entrava no banheiro, a mãe voltava para a cozinha. Luciana pensava que a mãe fazia de propósito.

– Eu não queria ir pra aula hoje, mãe – a frase era comprida e Luciana chegava ao fim dela com vontade de chorar.

A mãe ouvia e respondia que isso não importava, desde que ela fosse para a escola. Em raras ocasiões, quando as notas da filha subiam, Adriana a deixava ficar em casa, vendo os desenhos da TV, na sala. Luciana gostava de duas pessoas e da televisão. A TV mostrava as coisas boas. Victoria e o primeiro marido de Adriana, seu padrasto, a ouviam.

Quando Renata descobriu que a irmã ia visitar seu pai, ela contou o que sabia sobre Marcelo. Falou sobre a sessão com o juiz, falou do dia em que levaram embora as fotos que o pai tirava.

– Era a coleção de fotos dele. Ele gostava daquilo mais que tudo. Tinha todas as minhas fotos ali. Ele fez a expressão mais triste do mundo, depois encheu a cara. Mas não fez nada depois.

Renata contou o que o juiz pensava que seu pai queria fazer com ela – eu não acreditei, mas meu pai nunca negou.

Marcelo não criticava Luciana. Não perguntava sobre a escola, sobre as notas. Marcelo elogiava o que gostava nela. Tomavam sorvete, faziam pipoca. O padrasto tinha uma coleção de brinquedos novos e antigos.

Quando se sentiu segura, falou que queria ser filha dele.

– Eu também queria ser seu pai.

– Você gosta de mim?

– Gosto.

– Muito?

– Seja direta e eu serei direto.

– Eu acho que você sabe o que eu quero saber. Você entende.

– Eu entendo. E você gosta de mim? Pensa em mim?

Luciana pensava.

– Eu penso – e seu rosto ficou vermelho, uma fraqueza a engolia e ela quis morrer.

No canteiro da avenida os meninos de rua chamavam a atenção da menina. Sentia-se como um deles agora. Queria parar o ônibus e correr para junto deles.

Renata mexia nas coisas da irmã e lia seus diários. "Hoje eu vendi minha alma. Agora não vou crescer mais". Renata bateu na irmã até ela confessar.

– Sabe o que você é? Sabe? Lu, você é uma puta. Puta. Vadia. Não vou mais encostar em você. Eu achei que você gostasse de mim. Você nunca gostou de mim. Nunca gostou – e gritou e esperneou.

Luciana enxugou as lágrimas, recolheu o diário do chão e escreveu um adendo para aquele dia. "Também perdi minha irmã, mas isso não importa. Agora eu entendo Marcelo e a coleção de fotos dele, entendo porque ele não fez nada. Posso perder minha mãe também. E meu pai, que eu amo. Estou sozinha."

– Se você é virgem, vai continuar assim.

Marcelo levava a enteada para o banho. Depois de enxugá-la, fazia cócegas. Luciana se masturbava para Marcelo.

Marcelos Demais

Gêmeas

Quando ficavam sozinhas, dormiam juntas. Compartilhavam a cama desde criança.

– Ela é da cidade onde enterraram o Marcos – disse Helena

Helena dormia de camiseta, Renata ficara com a calcinha. Não demoravam a sincronizar a respiração.

– Parece que o Jr gosta muito dela.

– Outra esnobe no mundo.

– Eu vi que você olhou bem para ela.

Dormiam juntas. Renata se virava para a direita, às vezes ela dormia abraçando a irmã, às vezes a irmã Helena apertava seu ventre contra o quadril da irmã. Desta vez, Renata falava no ouvido da irmã, enquanto suas mãos invadiam a camiseta dela.

– Me agrada.

– Esse é o seu problema.

– Qual?

– Só quer gente esquisita.

– É o que me dizem. Hmmm.

– Nada de hmm, vamos conversar.

Prólogo 2

"Luciana mantinha diários fictícios e recobria as falhas do cotidiano com recortes de jornal e sonhos da noite anterior."

– Por que você faz isso? – perguntou o grande deus da angústia que movia o próprio pai.

– "Minha vida é pobre e alienada."

Nem a frase era dela. Roubara de Victoria. Luciana reconta assim seu nascimento. "No momento em que deuses novos e antigos, alguns mortos havia muito, desaparecem ao mesmo tempo da memória dos homens, em consequência, falhavam os sinais de rádio, enquanto ouvintes pensavam em pegar o telefone e pedir músicas que nunca haviam pedido, e a umidade nas ruas da capital, de várias capitais, tornava o piso escorregadio e este refletia carros, passos e o céu, e muitos tinham a sensação de uma manhã sem ruído algum, uma memória de atravessar um corredor e uma sala iluminada por painéis imensos de vidro, sem que sentissem o calor do sol ou ouvissem a brisa nas folhagens e na grama, e nesse momento de desencanto, sem que se tivesse alguma ideia do que era perdido naquela manhã úmida, alguém como Luciana poderia nascer." Viera ao mundo com um elmo e um arco, sem flechas, e tudo foi tirado dela antes mesmo de cair nas mãos da parteira.

Seu pai escondera o boletim escolar dos olhos da mãe. Tirou do jornal dobrado e bateu com ele no caderno da filha:

– "Falhas do cotidiano"?

A poesia da filha era tão ruim quanto as notas.

Luciana limpou os olhos antes de encarar o boletim e o queixo do pai. Nem ousou bocejar. Um feitiço encomendado pelos malvados habitantes de Plutão transformara seu pai num ogro comedor de churros desgraçado com a leitura dos diários da filha. Havia uma solução, procurar um novo pai. A bicicleta da meia-irmã tinha uma tranca com senha, era previsível o espanto e a raiva de Renata quando descobrisse que o gênio vivia no outro lado da família.

Luciana voou até a casa do padrasto. Se Renata a pegasse, fraturas, arranhões, puxão de cabelo. A minha mente me impede de chorar, ela disse.

– Você pode esconder a bike da Renatinha atrás da casa.

Mas, pensou Marcelo, não vou deixar você me chamar de pai.

Café com pipoca murcha, mini-croissants também do dia anterior, duas coxinhas frescas, trazidas da padaria, junto com pão quente, queijo e pó de café. Marcelo remendava uma versão de Beowulf nas horas vagas.

– Desisti de terminar. Allah sabe o que faz.

– O cheio de misericórdia.

– Veio para cá para blasfemar mais? Pegue café.

Para entrar na cozinha do padrasto, Luciana teve de tirar tênis e meias. Imaginava que entre os motivos para não querer visitar o pai Renata dava muita importância para as manias dele. Manias e rituais. Tudo é motivo. O antigo quarto de Renata tinha marcas de coturnos e tênis pelas paredes. Marcelo empurrara o fogão para a varanda e reabilitou o forno a lenha no meio do quintal. A cozinha era cheia de almofadas e uma poltrona ocupava o lugar do fogão.

– Eu concordaria com o seu pai, se pudesse ler seu diário.

Luciana se concentrava em mastigar e muitas vezes cada bocado. Recusava entrar em qualquer jogo que perdesse a paciência com o tradutor. Foi sem querer que o homem deixara escapar a existência do livro. E o nome da mulher. Agora, qualquer pedaço de informação importava e o jogo era não deixar o padrasto saber o que ela queria. O homem sabia usar as pessoas.

Botânica eram livros de encadernação antiga, de páginas finas, livros onde você encontra folhas e flores secas prensadas, livros de botânica eram armários de madeira pintados de esmalte branco, eram estantes de madeira escura, de verniz forte. Botânica era o que estudavam aqueles que chamam de científico seus tempos de colegial. Sabia do livro. Sabia o nome da autora e sabia que a mulher tinha sido bióloga, como sua mãe. Mas hoje queria passar o tempo até conseguir voltar para casa e encarar pai, irmã e mãe.

*

Enquanto Ricardo apertava a namorada contra o muro, Victoria pulou da varanda e correu para o portão.

– Quem era?

– Minha irmã.

– Ela é sapata, não é?

Ricardo apertou mais ainda a namorada – eu não sei.

– Eu acho que é. Viu como ela olhou pra mim?

– Ela olhou pra nós dois.

– Ela tem ciúme de você.

Ricardo segurou os pulsos da namorada com uma das mãos, a outra levantava o queixo da menina com força. Não queria que ela

*

Victoria ficara mais estranha depois do inverno. Ricardo ainda marcava o tempo pelas estações. Victoria parou de se esgueirar pelas ruelas e praças da cidade, parou de seguir pessoas e de fugir dos olhares dos outros. Agora, andando limpa ao excesso, usava roupas escuras. Trocava o silêncio pelo silêncio absoluto, mas ganhou um sorriso e relaxava o rosto duro.

*

– Eu acho que ela cansou de esperar pela gente – Ricardo comentou no café da tarde, no dia seguinte, logo após a irmã ter corrido outra vez de casa. Eu acho que ela parou de esperar que nós mudássemos seria o final do comentário.

O sorriso felino da mãe se abriu ainda com os lábios na xícara de café. Era o sorriso que Ricardo queria que a irmã visse mais vezes. A mãe sorria cinismo, sabedoria, doçura, amor. Para o filho era o sorriso que definia sua mãe.

– É homem. Nossa menina não é mais aquela. Sexo, sexo – e encerrou o assunto. Ela olhou para as manchas novas que surgiam em suas mãos e olhou para Marcos, para a musculatura do filho.

*

Entre os amigos da mãe de Victoria, o professor dava carona para a menina.

– Gostou da história?

– Gostei. Eu gostei muito.

Os lábios do professor se abriram num sorriso. Ela parecia mais interessada nas histórias sobre o pai do que nos exemplares do *Lobo Solitário*.

Victoria anotara no caderno de matemática o nome dos textos e da autora que o professor mencionara. Lembrava-se de ter visto uma mulher bem parecida com a descrição. Era o enterro do marido dela, mas a família não era da cidade.

*

Luciana lia para a outra:

"Somos uma legião que se reúne, agrupando-se aos poucos, até que o entendimento se partilhe.

Talvez o primeiro indício de compreensão seja mesmo o desejo de morrer, mas logo que rejeitamos tal projeto, olhamos para o mar, para a janela, ao longe, para nossas roupas bonitas, para onde não estamos.

Sobra um gosto de cloro, que não é soluço de choro, não é sobra de piedade, é antes a semente do entendimento. Passamos da compreensão para o entendimento e alguns apenas entendem. Estes são felizes por não saberem o gosto de desejar morrer.

O entendimento é o desejo de estar em outro lugar. Somos as pessoas tristes. Respondemos o trágico e a miséria com a tristeza. E cada tristeza é expressa da melhor forma.

Os poetas estilizam o tédio, sem por isso irem da lei da morte libertando-se.

O suicida, em sua partida em silêncio, devolve o desprezo à vida.

Os irônicos olham e comentam com candura.

Os sarcásticos riem.

Insones, ouvimos músicas tristes. Ficamos alegres.

Nós nos encontramos.

Nós vamos aos enterros.

Nós bebemos e até dançamos.

Nós nos damos graças.

Felizes os que estão com suas certezas. Não conseguimos, porém, deixar de viver. E passamos as tardes sem fazer nada, olhando para as nuvens, pela janela. Admiramos máquinas, estradas e ferrovias e os fios e cabos elétricos que cruzam o estado.

Com certeza esperamos. Dizem que esperamos um"

– Chega.

– Ele não continua falando de disco voador.

– Eu já ouvi tudo isso antes, ou bem parecido.

– Ok.

– E o que isso prova?

– Que você é um deles. Que meu pai é um deles também.

– E?

As duas não se olharam mais. Tinham medo de morrer de tédio. Victoria procurou alguma coisa nos bolsos da calça. Luciana imaginou que a amiga ia tirar uma bala do bolso.

Depois da tia

A família ainda não falava com Victoria, não aceitavam que a tia deixasse dinheiro para a menina.

– Agora você pode fazer o colegial em São Paulo. Naquele colégio que sua tia queria.

– Posso.

– Eu queria mesmo ir com você – insistiu Débora.

Victoria não contou nem para a menina o que havia acontecido nos últimos dias da doença da tia.

*

Victoria, Débora e Luciana se encontravam quase toda semana. Luciana e Victoria viajaram até a casa do advogado e conseguiram o contato do velho, que morava em um apartamento em uma cidade chamada São Paulo. Luciana resolveu entrevistar também o pai de Mara dos Anjos, outro velhinho chamado Marcelo, este vivia recluso, afastado de todo mundo.

Marcelo o velho ofereceu abrigo em seu apartamento, e por um tempo Luciana e Victoria o frequentaram.

Nenhum dos Marcelos queria falar de Mara dos Anjos. E o jovem Marcelo não tinha coragem de revelar o que todos eles procuravam, Mara Gallier.

Podemos especular o que Mara, a mãe de Marcos, teria a dizer dessa Gallier, mas a ninguém ocorreu perguntar para a mulher se ela sabia de alguém que era tão parecida com ela e que poderia estar morta há muitos anos.

O que os homens chamam de amor

Dias frios

Os dias são frios, faz calor de manhã e no começo da tarde. Não chove. Venta e esfria. Nós andamos no fim da tarde pelas ruas que descem. No frio, nós conversamos, andamos juntos. O sol acima de nós. No outono, o céu é azul e os prédios ficam amarelados pelo sol, as árvores mudam de verde.

Nós almoçamos juntos, acho que foi peixe. Depois ela me tocou, passou a mão pelos meus olhos. A outra ficou me olhando. A outra é minha amiga Emma. E nos conhecemos na escola, crescemos juntos. Sei que ela quer me tocar também.

Encontramos as gêmeas e a outra fica mais distante. Emma não é da família. Logo arranja uma desculpa e vai embora. Dessa vez ela vai ficar. Nossas mãos se apertam. Ela gosta de mim e também gosta de mulheres. As gêmeas estão sorrindo. As gêmeas trazem a bebida, brindamos.

Chegamos à praça vazia. No domingo os velhos vêm, trazem cachorros, crianças, o circo. Vazia agora. Corremos pela praça e nos acomodamos nos bancos. Eu deito no colo da mais velha e deixo Emma deitar a cabeça em mim.

*

Tudo leva para o fim das coisas, as coisas acabam, mas não agora, e nos arrastamos enquanto não vem o fim. O fim das coisas não importa. Meu pai disse. Ele acreditava na imanência das coisas e se equivocava, claro. Não tive a chance de te dizer isso. Eu não sei se tenho saudade de você. Tenho? Não ouço resposta.

Emma gosta de mim, gosta do Gil. Inveja nós dois. Emma inveja, ela não entende a amizade, eu também não entendo. Aperto os dedos dela, deixo ela esfregar a nuca no meu rosto. Eu quero que ela vá embora. Quero ficar com minhas irmãs. Ao mesmo tempo, gosto muito dela. Penso em enrabar ela e o Gil. Pena que não pode ser ao mesmo tempo. Estamos nos separando. Longe eu escuto muitas freadas, penso em viagens. Gostaria de estar bem longe, nem sei onde.

*

Então ela vai. Todos nós a beijamos Até Renata. Ela vai. Troca os tênis pelos patins e atravessa a praça. Bruna diz que eu estou engordando, é mentira, ela faz eu me levantar, depois deita no banco de novo e deixa eu deitar sobre ela.

– É difícil quando os outros gostam da gente.

Ela me vigia. Não respondo. Odeio vocês.

Renata me belisca, ela torce a língua me beliscando. As gêmeas fazem tudo o que a mais velha pede.

– Eu queria ficar com vocês sozinho.

A voz da mais velha lembra demais a mãe. Ela é a minha mãe mais nova.

– Eu também não sei o que fazer, Jr, não sei.

As gêmeas param de me encarar, já esquecem da gente, devem ter esquecido o que a Bruna falou. As gêmeas esvaziam a garrafa. Quando os outros vierem trarão mais vinho.

Helena e Renata deitam ao redor do nosso banco e ficam olhando para as árvores. A voz de Helena, dizem, lembra a minha, não sei, é uma voz assexuada, sem vida. Renata parece criança. O jeito de falar é o da mãe, quando ela tem as crises dela, fica estranha. Renata tem algo dela.

*

Nós tomamos muito vinho. É a melhor bebida. Meus dedos congelam, não tenho vontade de chorar, meu olhos estão úmidos.

Subimos ao apartamento das gêmeas.

Helena vai para o chuveiro.

Bruna me beija, ela me despe. Ela e Renata admiram o meu corpo, tocam, apertam, Bruna me beija de novo. Eu gosto dos beijos.

*

A mãe parecia bem. Jr pensou que ela estaria dopada. Mara parecia sóbria. Havia chorado, tinha os olhos ainda vermelhos. Vestia cinza e um véu e luvas. Ao seu lado sentaram as gêmeas. Jr não conseguia ficar dentro da capela. Aceitou o copo que a irmã ofereceu e arrastou-a de lá.

Marcos Jr não queria ver o corpo de Marcos pai. Bruna vestia preto no calor.

– Quando a gente vai comer?

– Estou sem fome.

– A mãe pediu umas empadinhas, mas a Lu não deixa eu entrar na cozinha.

Deixaram a rua da capela e andavam entre os túmulos, de mãos dadas.

– Você vai dormir em casa...
– A mãe vai querer.
– Eu também.
– E as gêmeas? Cabe todo mundo?
– Sempre coube.

Bruna passou a mão no rosto do garoto sem pai. Não sentia pena, nada. Tomou o resto do copo e sorriu. Vou buscar mais pra mim. E afastou-se.

Jr voltou para a rua principal. Deixava o cemitério. Andou até a calçada e se sentou.

Marcos tem 17 anos. Deveria estar usando os óculos escuros. Está de luto e veste calça marrom e camiseta. O pai acabou de morrer, atropelado. Andava de bicicleta e o mataram. Tem o rosto fino e delicado.

Mara, mãe de Marcos, no sábado à tarde

No fim do corredor do shopping center há uma porta. Eu leio o cartaz pregado à porta e resolvo entrar. O cartaz dizia: Deus está aqui. Eu abri a porta e vi um pequeno auditório com cadeiras estofadas e um carpete azul. Num tablado à minha frente, uma mesa simples, com jarro de água, incenso queimando, vela e dois copos descartáveis de plástico. Atrás da mesa, um adolescente me encarava com um olhar grave. Três ou quatro pessoas ocupavam as cadeiras do auditório em muda meditação.

Olhei para o adolescente e vi que ele percebera meu desapontamento. Fechei a porta e fui encontrar minhas filhas na praça de alimentação.

*

Perguntas sobre a chuva o preocupavam, faziam ele escorregar da cama para o carpete e cambaleava até o rádio-relógio. A voz do locutor o acalmava, mas não podia voltar a dormir. Dormia nu. Andava pela casa em passos largos e mudos. Passou o quarto das irmãs, desceu para a sala. Encontrou a mãe no sofá, a manta cobrindo os joelhos.

A mãe abriu os olhos ao máximo e acenou para que ele se aproximasse. Marcos sentou ao lado, com os calcanhares no sofá. Marcos sentiu a cabeça pesar e o corpo amoleceu. A mulher o cobriu com a manta e Marcos dormiu.

Lê

Ela tem quinze anos, andando pela cidade, no vestido azul, pela primeira vez por aquela parte da cidade. Muitos muros e casinhas e nenhum prédio. Colocou o embrulho na bolsa e a fechou e o botão fez um clic, o botão com uma âncora, tão bonita que lembrava o mar. Ela queria um botão de cavalo marinho. A mãe dele poderia fazer um. Os olhos dela verdes, as pedras verdes, o líquido verde e ruim, a mãe, não, a irmã mais velha havia derramado no vestíbulo. Manchas que salpicavam a mesa de mármore, as sardas que a menina tinha no rosto, as gotas que a irmã deixou cair, ela derramou, de propósito. Ele tocava o pescoço dela, a língua dela, ele examinava a palma branca da mão de Letícia. Ele se sentava nu ao lado dela. Ficava com as pernas cruzadas e as costas eretas, como se estivesse sendo admirado.

Substitutos ergonômicos

And when they come out of the ship, straightway they knew him.

– Mark 6:54

Marcos acordou cedo e resolveu ficar na cama com a menina. Descobriu Letícia e deitou-se sobre ela. A menina acordou com Marcos sobre suas costas. Assim que se mexeu, levou um beijo no ombro. Letícia murmurou e tentou sair da cama, Marcos não a soltou, beijou-a mais uma vez.

– Posso fazer uma pergunta?

– Além dessa?

– Jr.

– Pergunte.

– O que é que você está fazendo aqui?

– Eu moro aqui. Pelo menos até o fim de semana.

– No meu quarto, seu tonto.

– Você me deixou entrar.

– Deixei?

– Porta aberta.

– E faz tempo que você está aqui?

*

Bruna ama esmaltes metálicos, solventes e tintas. A mãe lhe deu uma frasqueira, uma caixa metálica para guardar amostras.

As três irmãs magricelas brincavam de morto quando eram mandadas para cama. O morto é obrigado a tirar toda a roupa e se deitar sobre o assoalho do quarto. Na cama faria barulho. Os legistas e os embalsamadores examinavam o cadáver, tocando-o com os dedos e a língua para certificar o rigor mortis.

*

A brincadeira evoluíra. Lambiam o cadáver para sentir a concentração de açúcar. Tentavam estimar a hora da morte. Abriam a boca e testavam também o esfíncter para conferir o acúmulo de gases. E embalsamavam. Mas, beijar era violação de cadáver.

Agora que participavam dos times de basquete e de vôlei, questões sociais importavam. Helena lembrou que o respeito ao corpo dos mortos era um tabu para quase todas as culturas. O do incesto também, completou Bruna, mas havia o incesto dinástico. Beijar implicava os dois tabus.

O esporte acabou com a brincadeira de morto, seria a primeira lição sobre o fascismo, recordaria uma delas no diário. Os beijos foram aceitos e as carícias continuaram.

*

Nada disso sou eu, Bruna resmungou chorona numa segunda-feira sob o cobertor, ao abandonar-se no sofá da sala. Para as gêmeas era uma sombria passagem do final do ginásio para o colegial, quando Bruna se tornava respeitada, não popular. Largou os esportes de equipe, também abandonou o caratê e jogava tênis no condomínio dos primos ricos.

Os seios de Bruna ficaram cheios, mas não cresceram. E até os 30 anos teria ainda a figura de uma menina grande, se o cabelo curto e a palidez cultivada não retirassem indicações de sua idade. O rosto sem idade, que havia herdado todos os traços do rosto masculino da mãe, encarava-a no espelho ora com um sorriso ora com uma indiferença profunda, que o maior esforço em sorrir e parecer alegre não impediam a desconfiança e a apreensão.

Bruna podia se definir como Victoria, que se encontrou num verso de Gregório de Matos: "não pode, não quer, não vence". Victoria imaginava que mesmo que quisesse não seria normal. Era o cabelo sem cor definida. Ou havia algo anterior, que determinava até o cabelo indefinido, cor de sujo. Em delírio Victoria imaginava como sua alma incompleta distorcia seu corpo desde seu nascimento. Bruna encarou os seios de Victoria antes de piscar. Seus olhos se fechavam. Ela estendeu os braços como um gato e bocejou. Assim que ela e as duas meninas se vestissem sairiam para a praça.

Luciana ainda beijou o bico dos seios de Victoria antes de deixá-la vestir a camiseta suja. Por cima da camiseta, a jaqueta preta, e calçou as botinas da mãe. Luciana se vestiu quatro anos mais velha, com um vestido longo emprestado e meias e os coturnos que ganhou de Marcelo dos Anjos, o velho recluso da rua da caixa d'água.

*

Marcos desceu na estação antes do horário, o metrô, cheio, a rodoviária, insuportável. Era o pior lugar para ir, teto baixo, mausoléu de concreto escuro. Na descida da rampa já sentia o povo. Ele pensa em atropelar todo mundo, cuspir no rosto dela.

As pessoas se esbarram, caem aos pés dele, dão empurrões, são feias. As pessoas são imundas e sujam as roupas dele. Ele procura uma cadeira afastada dos fumantes. As pessoas o deprimem.

Vinte minutos se passam e ela não chega. Além de escarrar, Jr pensa em dar alguns socos. Marcos procura uma posição boa para seu corpo. Apesar de tudo, entende que sua presença ilumina a rodoviária.

Epicotúlios ou os poemas do colegial

Epicotúlios ou os poemas do colegial
Marcos Túlio foi à feira,
Marcos Túlio sentou na cadeira,
Marcos Túlio levantou da cadeira.
Marcos Túlio quebrou o muro,
Marcos Túlio tem medo do escuro,
Marcos Túlio odeia barulho.
Marcos Túlio gosta de brincar,
Marcos Túlio sabe empinar.
Marcos Túlio vai e volta.

Marcos Túlio é do peru,
Marcos Túlio faz vodu.

Tulhão foi à feira de caminhão.

24 horas

– Seven?
– Vamos.
Ginger ale, sorvete, tequila, Ruffles.
Casais. Trio de meninas, trio de meninos. Mendigos.

– BR?

– Tá na hora.

– Já?

– Pega nada aqui.

Óleo e vaquinha para encher o tanque. Pão de queijo, folheados, Pringles.

Passatempo, Aveia e Mel e Pepsi 2 litros. Marlboros da Renata.

Pai e duas meninas. Loira. A morena da semana passada. Senhor careca. Duas mulheres. Os mendigos compram uma 51.

– É o Gil?

– É o Gil.

– Fala pra ele esperar no posto.

– Vai ninguém lá.

– Vai sim. E tem dog com queijo e chili.

– Ok, boss.

Dois expressos. Dois cachorro-quentes. Ruffles. Mate gelado, Ice-tea, Flying Horse. Gelo e soda para a tequila, copos. AM.PM.

No caminho para o Fran's deixam Gil e pegam Jr e Letícia.

Café Continental. Chá, pão de queijo com geleia e manteiga. Letícia toma suco. E ele podia ficar horas sem beber água, para saboreá-la depois.

O reich das meninas

Depois da ponte a cidade era outra e escura. Sem grandes prédios, a vista de casas envelhecidas deprimia. Disseram que a cidade depois da ponte sofria de doença. Nada de bom vinha de lá, disseram também.

As duas meninas atravessaram a ponte.

Depois da ponte havia um muro derrubado e, além, um terreno baldio que juntava mendigos. No domingo os mendigos eram dispersos pelos moradores, que jogavam bola.

Uma das meninas parou. Gostava de olhar pelo muro, debruçou-se sobre um tijolo mais firme e deitou a cabeça, como se esperasse.

A outra menina também parou. Olhou para os dois lados da rua, olhou a ponte que atravessara. No céu escuro aves voavam em círculos. Os círculos eram baixos, a menina não olhou mais para o céu.

As duas meninas voltaram a andar. Uma apressava o passo, logo a outra acompanhava, diminuía o passo, e a outra apressava.

Quando cansaram, deram-se as mãos. As mãos se aqueceram. As meninas cortaram caminho, deixavam a avenida para se aproximar do mercado. Logo avistaram o prédio do mercado e uma se lembrou da careta da avó. A careta dizia que o mercado era ruim. A impressão da careta era mais forte que a lembrança de peixe e fumo.

Além do fumo, fritura e açúcar queimado. A menina de calça jeans contou as moedas do bolso e comprou algodão-doce, para ela e para a outra.

Deixaram logo o mercado e se afastaram. Uma seguiu pela calçada direita, a de cabelo mais escuro, de abrigo cinza. Sob o abrigo, camiseta regata de dois dias e calcinha branca e limpa.

A outra terminou o doce e esfregou as mãos no jeans.

"Para salvar o país"

A história é toda construída de gestos e frases feitas que a toda hora mudam de significado e ninguém as questiona.

Uma frase diz que a história não se repete. A não ser como farsa ou algo assim. Eu não consigo acreditar em meu professor de história porque ele defende o povo e uma pessoa que tivesse a inteligência que ele demonstra ter não deveria desperdiçar seu tempo defendendo quem ele não conhece nem deveria dar aulas para a minha classe, mesmo sendo pobre.

A história diz que há povos que foram massacrados e humilhados durante séculos por outros povos. O povo do país onde vivo fez isso sozinho consigo mesmo, com pouca ajuda de fora. O brasileiro é o primeiro a reconhecer que o brasileiro não presta. Os brasileiros querem deixar este país, mas estão sempre voltando.

Às vezes eu acho que o brasil merece o destino que tem.

Creio que meu professor ficará desapontado comigo.

Parece que o fascismo não combina muito com países latinos, seja na europa ou na américa. Mas aceitar isso é aceitar o determinismo.

HH

Victoria releu a redação, mas o tempo nublado lá fora era um convite. O professor havia circulado o começo de algumas palavras. Fora os erros habituais, não havia o que reescrever. Sua saudação, HH, sublinhada com caneta vermelha, o professor colocara um ponto de interrogação ao lado.

Victoria resolveu devolver sem alterar nada. Aproximou-se da mesa do professor e seus olhos viam através da janela. Lá fora tudo é um. Para seus olhos que veem tudo em preto e branco o pátio e as árvores se juntavam às nuvens no horizonte.

– Que é isso? Eu não vou aceitar a sua redação se você não justificar suas opiniões, Vi.

O professor a chamava de Vi. Seu rosto sem expressão interrogou o rosto do homem, ele tinha olhos cansados. Tinha barba rala e uma testa larga. Não queria prestar atenção nas palavras dele. O professor de História tinha a cara de uma pessoa boa.

– Você entendeu?

– Por quê? – era uma provocação. E o professor não queria discutir com a aluna.

– Você precisa argumentar melhor. Você me deu as suas opiniões. Não se justificou, não mostrou opiniões contrárias. Você deixou todo o trabalho para o leitor – e terminou com um sorriso. Fazia 36 anos em agosto.

– É o meu pensamento. Se estivesse com algum erro eu teria justificado ou corrigido. Tem algum erro? – ela falava baixo, para dentro.

– Não. Em princípio, não. Mas você deveria tentar convencer o leitor. Provar que você está certa.

A classe zumbia. Reescreviam suas redações e ninguém prestava atenção nos dois.

– Eu estou certa.

– Só vou receber se você justificar.

O professor acompanhou a menina até a carteira. Distraíra-se. Queria corrigir as provas, estar corrigindo provas. Victoria guardou a caneta e o caderno embaixo da carteira. Pegou a folha da redação e a rasgou em dois pedaços. Depois rasgou mais uma vez e de novo e de novo. Pequenos pedacinhos de papel escorregavam sobre a carteira e ela os soprava de leve.

– Victoria. – o professor levantava a voz – Retire-se da classe, por favor.

Os alunos acordaram.

A menina era uma santa. Uma songa, devia ser retardada. Nunca beijou ninguém. A mãe era problemática, mal amada, desquitada. Bebia.

Victoria levantou-se e saiu da classe. Ficou na porta. Sorriu sem alegria para os alunos. Colhia o espanto na expressão deles. Gritavam o nome dela, faziam gracinhas. O professor olhou para a classe e depois para a porta. A menina ia ficar ali se ele não dissesse mais nada. Era estranha.

– Victoria, vá para a diretoria. Depois da aula você volta aqui. Ainda preciso falar com você.

Quando Victoria chegou à diretoria a inspetora de alunos, dona Vitória, achou que a menina estava passando mal. O diretor perguntou se ela tomava algum remédio. Victoria acenou que não e dona Vitória a levou para fora do prédio.

Andavam pelo pátio e passaram na cantina. A mulher tinha o seu nome. Parecia que gostava dela.

Victoria ganhava o pátio cinzento e cheio de maravilhas.

*

Depois que a sala de aula se esvaziou, Victoria entrou para pegar a mochila e o professor de História ainda a esperava.

– Venha até aqui, Vi. Esta é a sua prova. E eu acho que você não vai precisar mesmo da nota da redação. Ainda assim, queria um texto seu. Suas opiniões são fortes e eu não concordo com elas. Você acredita mesmo no que escreve?

Victoria devolveu a prova. Seu rosto mantinha-se inexpressivo. Queria andar lá fora de novo, mas sozinha.

– Sabe – ele também olhava para a janela – de tempos em tempos aparecem alunos que pensam sozinhos. Esses alunos têm suas próprias opiniões. Ficam isolados. Você é sozinha pelo que eu sei.

Ele silenciou. Victoria se perguntava se o homem sempre falava de três em três frases.

– Posso ir?

– Vai. Se você pudesse escrever outro texto, eu gostaria muito de ler.

O prédio da escola era vazio. Na rua os carros voltavam para suas casas e ela devia almoçar logo e voltar à tarde para a educação física.

*

Os times se formavam. Com o joelho ainda inchado, Victoria foi deitar do outro lado da quadra, bem longe da professora. Nada havia de interessante no vôlei. A violência dos golpes na bola deixava de chamar atenção, deitou-se, o céu escuro, não ia chover e Débora havia faltado.

O time rodou na quadra, mas uma das meninas teve de sair. O braço dormente. Deixou que a professora examinasse. Não ia voltar a jogar. Aproximou-se de Victoria e sentou-se ao seu lado. Espinhas no rosto. Tinha os olhos claros, seios pequenos, braços compridos. Seriam azuis ou verdes? Para Victoria eram cinzentos, lembrou-se do nome dela.

A menina examinava o corpo da outra. Sem dizer nada, levantou a manga da camiseta de Victoria. Victoria franziu a testa. Não precisava que as meninas da escola vissem sua tatuagem.

– É verdade. Eu sabia. Você é nazista. – uma bolha de saliva se formou na boca da menina de olhos claros e espinhas.

Victoria desceu a manga da camiseta de educação física. A menina avançou o braço sobre Victoria, beliscou em seu ombro. Victoria segurou o punho da menina e afastou seu braço. A menina cuspiu em Victoria – Nazista. Nazista.

Enquanto a outra se afastava. Victoria olhou para a saliva da menina, em sua camiseta, formando uma mancha logo abaixo do seio.

O último dia de aula do semestre

E os cadernos eram chamados a se atirar pelas janelas e o chão era coberto de pedaços de giz e ficar ali acabava ficando suportável e a menina podia por um instante ir para longe e caminhava até um canto da sala e até o professor percebia que já não controlava mais a classe, tentava continuar a aula porque as aulas ainda não haviam terminado e Victoria se lembra que é o último dia e todos já sabem que a Carol vai querer pegá-la e também as amigas dela, mas amanhã todos já estarão nas férias de julho e hoje bastava conseguir escapar para mais uma

Carol reuniu as colegas e esperou que Victoria aparecesse com a insolência de todos os dias e mostrasse a cabeça baixa cheia de pensamentos sujos e que não prestava e pior de tudo em silêncio e assim podia tentar se mostrar superior a todos e odiava a todos aqueles que viviam com ela e que eram obrigados a suportá-la todos os dias e Carol sabia que isso podia formar camadas e camadas de desprezo numa menina desonesta e desprezível e de quem ninguém conseguia gostar e até odiavam ela de tão feia e chata que era a sem graça da Victoria que não se arrumava nem sorria nem encarava as pessoas e era como se soubesse algo de ruim de todo mundo e Carol não ia suportar mais isso já que nunca foi de levar desaforo para casa e não seria desconsiderada por nenhuma menininha retardada que sem dúvida era mal amada em casa porque não tinha pai e todos já sabiam que a mãe dela era mesmo uma – Puta. Sua mãe é uma puta.

O círculo em volta das duas se abriu e Victoria ia embora para casa porque tinha sono e queria almoçar logo porque morria de fome e o sino tocara para que ela arrumasse o lápis e as canetas e o caderno e os livros como sempre fizera e descesse atrasada as escadarias até o pátio onde todos já esperando abriram caminho para a Carol que ia esperar até elas terem atravessado o portão e estivessem fora da escola que era uma preocupação boba e de maneira nenhuma era medo porque tinha certeza de que podia brigar onde quisesse que o diretor já não tinha mais moral para fazer nada contra ela e começou a xingar e gritou com a menina e Victoria não lhe deu as costas como queria porque os alunos apertaram o círculo e a empurraram para cima da outra que tentou puxar seu cabelo mas Victoria não resistia nem enfrentava a menina e Débora não saiu do seu lado e pensava em por que Victoria não reagia e se era por medo e já não achava se era medo porque mesmo Carol podia ser maior mas não era duas mas a verdade era que Victoria morria de fome.

Carol empurrou Victoria mais uma vez e ela não caiu porque os meninos a seguraram e a empurraram para cima de Carol. Victoria não reagia nem levantou os olhos para a menina.

Carol tentou agarrar de novo os cabelos da menina.

Victoria acertou um murro na garganta de Carol e ela caiu.

Victoria venceu e luta e as pessoas urravam e comemoravam. Carol chorava, no chão, soluçando muito:

– ...ua, puta – tentou falar.

Victoria chutou a menina. Sem emoção. Primeiro a barriga, depois as costelas. Chutou a cabeça. Não precisava fazer aquilo, pensavam, mas continuou chutando e chutando a menina e ninguém se mexeu. Esperou Carol voltar a se mexer e quando ela se virou, Victoria cuspiu em sua cara, chutou-a mais duas vezes e se afastou.

Victoria Deitada

Victoria cuidava do jardim de casa quando o carteiro passou sem deixar nenhuma carta. Nos fundo da casa o irmão ensaiava com a banda. A água saiu morna da mangueira de jardim, o esguicho mal fixado deixava respingar água na calça da menina. Victoria levantou a mangueira e deixou a água descer pelo corpo. Enfiou o esguicho na manga da blusa e depois dentro da calça. Encheu os tênis de água.

Apertou e torceu as roupas, morria de frio. Deitou-se ao sol. Deitou de lado, dobrando as pernas e os braços. A água era gelada agora e o sol provocou arrepios. Suspirou de cansaço. Ao virar a cabeça de lado, deitou-se de costas, enfiou as mãos no bolso e fechou os olhos para encarar o sol. O sol machucava seus olhos. A luz do sol era muito forte.

A banda desmontava os instrumentos, Victoria entrava pelos fundos da casa, levava a mangueira para a dispensa. Victoria entrou na casa pela cozinha e fechou a porta.

Victoria enxugou os cabelos e enrolou a toalha na cabeça. Foi para a saleta e deitou-se sob a mesinha do telefone. Seus tênis refizeram as marcas na parede. Embaixo do telefone, numa gaveta, encontrou contas, extratos de banco, notas fiscais, folheto de pizzaria e um gibi do Pato Donald. Folheou o gibi, devolveu tudo à gaveta.

Engatinhou até o banheiro. Ligou o chuveiro e se deitou no chão do box. Saiu do banho enrolada numa toalha de touquinha e pompom, toalha de criança. Deixou as roupas molhadas em seu quarto e foi para o quarto da mãe.

No quarto da mãe acendeu a luz. Conferiu se havia travado a porta. Parou em frente ao espelho da penteadeira e deixou a toalha cair. Pegou um dos hidratantes da mãe, despejou nas mãos e passou o creme pelo corpo todo. Desceu as mãos pelo rosto, pelas orelhas e nuca. Apertou e torceu os seios. Com a dor ela se abraçou. Passou hidratante nas coxas, na bunda, atrás dos joelhos, nos pés. Olhou seu reflexo. Tocou os seios. Colocou a mão segurando o queixo. Mostrou os dentes. No vidro do espelho, embaixo, havia uma foto da mãe e de seu irmão. No porta-retratos ao lado havia uma foto sua, numa gangorra, com os braços ainda gordinhos levantados, e banguela. Ao lado, a foto que havia tirado, seu pai e sua mãe abraçados com seu irmão na frente.

Victoria se olhou no espelho grande pendurado na parede do quarto. Tinha um par de seios pequenos e bonitos. O que eles ainda faziam ali? Seus seios delicados. Bem sensíveis. De mulherzinha.

Sua barriga era sem graça, murcha. Tinha o umbigo pra fora. Pelos cresceram ao redor de sua vagina. Repuxou e abriu os lábios. Passou o dedo médio entre eles. Peixe apodrecido mais o creme da mãe. Victoria apertou os seios contra o espelho, seu nariz e boca criaram uma condensação no vidro e ela se afastou. O cabelo curto deixava as orelhas à mostra. Pegou a toalha na cadeira e ia voltar para seu quarto. Retornou com roupas limpas.

Teve de usar o perfume da mãe.

Vestiu a calcinha. Depois o sutiã. Enfaixou os seios com gaze até seu peito ficar liso. Vestiu uma camiseta branca. Colocou as meias. Vestiu a calça e a camisa. Remexendo no guarda-roupa da mãe encontrou os suspensórios. Cruzou-os sobre os ombros e os afixou à calça. Vestiu a jaqueta e calçou os sapatos que a amiga invejava. Experimentou os óculos escuros. Perfeito.

Seu irmão ainda conversava com os colegas na entrada da casa.

Aonde vai? Sair. Volta logo? Talvez.

Passava das cinco da tarde e o céu já ameaçava escurecer. A banda do irmão queria voltar a ensaiar.

Victoria desceu a rua até o ponto de ônibus e esperou o circular.

Não havia ninguém no ponto. As ruas limpas, desertas. Victoria ouviu os pássaros. Uma revoada deles. Por um momento ela procurou o sol que descia no horizonte. Estava diferente? O sol descia cada vez maior. O sol deveria estar vermelho. Tentou imaginar. As coisas mudavam de tom.

Victoria sentiu vontade de deixar a tatuagem à vista. Queria rir e gritar. Fazer como a amiga fazia. Pensou depois que todas as pessoas do mundo inteiro já a conhecessem e se acalmou. A jaqueta e a camisa escondiam a tatuagem das outras pessoas da mesma maneira que a calcinha e a calça escondiam seu cuzinho róseo. Enquanto isso acontecesse não iam tentar brigar com ela.

Pensava na letra de Lili Marlene. Escurecia rápido. Não sabia assobiar, improvisou a letra. Victoria examinou o chão. Tudo limpo. As pedras, o banco, o poste do ponto. Nenhuma luz acesa nos postes da rua inteira. Tirou as mãos quentes do bolso e as sentiu contra o rosto.

O ônibus se aproximava. Desta vez ela fez sinal para ele parar e entrou. Entregou o passe ao cobrador, atravessou a roleta e procurou um lugar vazio.

Acabou sentando ao lado da janela. Reparava, pela primeira vez, nas ruas e nos poucos carros.

O ônibus sumiu na escuridão.

Marcelos, Lulu e Vic

O advogado esfregou as costas de Luciana e depois se deitou ao lado dela.

– Eu gosto muito de vocês duas.

– Hm.

Marcelo passou a mão pelas nádegas da menina.

– Nós vamos a um concerto hoje. Vocês vão também?

– Hm.

– Eu tenho roupas aqui. Dois terninhos, sapatos. E vestidos de noite. O que vocês quiserem.

– Hm.

– Minha filha vai trazer pães. Eu pedi umas bombas e carolinas para a sua amiga.

Marcelo deixou o quarto e encontrou Victoria na biblioteca.

– Você gosta de livros.

– Eu gosto.

– Tenho bons livros.

Marcelo subiu no sofá, sentou no encosto, com os pés sobre o assento.

Victoria tinha os calcanhares sobre o sofá, com uma pilha de livros ao lado e dois livros servindo de travesseiro. Também ao lado, o pote de bombons. Marcelo estendeu a mão e Victoria jogou um chocolate.

– E o pai da sua amiga é tradutor?

– É.

– Deve ter bons livros.

– É.

– Você vai com a gente?

– Num concerto?

– Sim. Lá no alto.

– Por que não?

– Eu vou separar as roupas de vocês. Depois a gente vai tomar café.

*

Duas meninas apareceram em casa. Levei-as para a sala e tomamos chá e comemos biscoitos. Conversamos por uma hora. Reparei nos dedos da mais quieta. As unhas se encardiam, como os meus dedos quando era da idade delas. As duas gostaram da casa e eu mostrei meus livros e os quartos novos. Tudo é novo por aqui agora e andamos com cuidado. São as mudanças que deixei minha filha fazer. Ela quer morar aqui. Mal vejo a hora de estar com ela.

Soube que o pai da outra menina era tradutor. E nos conhecemos de vista. Não acompanho o trabalho dele. É o padrasto dela, e ela gosta muito dele.

Frio, então. Mas está quente de novo. Em breve a chuva para. Logo. E vou dar uma volta. Minha filha pode passar e não me encontrará. Levamos a conversa até os forros novos e a combinação das tintas. Elas queriam saber de livros. Eu sei qual livro, um que não emprestarei. E não posso mostrar que possuo. Deve estar empacotado com os arquivos de março.

As leis são diferentes para as pessoas. A massa dos corpos, leis físicas. Natureza. Minha filha disse que não está abatida. Acredito. Não engordou, mas ganhou músculos, penso em ir preso também. Não, abusariam de mim. Eu processaria todos, ela não quer, eu não tenho dinheiro. São canalhas todos, filhos da puta. Ela terá muito dinheiro quando sair.

Logo vai fazer frio.

Não entendo das leis, apesar da profissão. As meninas também. Eram adoráveis. Deveria ter mais filhas. Se houver tempo. Terei netas? Nos damos bem, minha filha e eu. Eu a levei à praia uma vez, ela andou pela areia. Teve sonhos. Nós tomamos sorvete e eu a abracei e andamos como namorados. Quando era pequena eu a carregava no colo.

Eu sonhei que tinha uma filha, uma outra, e acordei chorando. Eu tinha 12 anos. O enfermeiro me mandou calar a boca. Ele disse que pegaria uma barra de ferro para me bater. Ele disse que quebraria meus dentes e depois contaria para meus pais que eu caí da cama. Os garotos mais velhos pegaram o enfermeiro na saída do hospital. Quebraram o maxilar dele. Eu mantive meus dentes. Foi só dar dinheiro para eles.

Não contei esse sonho para minha filha. Queria ter contado para as duas meninas. Sonham em ter filhas também? E essas filhas de sonho nunca seriam como as de verdade. Os sonhos são estranhos, alguns se realizam.

Meu livro não está no arquivo. Eu o emprestei para minha filha. Ela o leu no presídio. Não havia ninguém lá para lhe cortar o cabelo e ele cresceu. Não me deixaram cortar o cabelo da própria filha. Queriam nos separar. Eu lembro quando inventaram aquelas mentiras. É tudo o que as pessoas fazem. As meninas entendem isso, está nos olhos delas. Elas voltarão aqui, quarta-feira. Segurei os braços da mais falante. Brancos e magros. As crianças não tomam mais sol hoje, o sol é cancerígeno. Todos os meus conhecidos estão morrendo. As células começam a se multiplicar, elas migram para áreas estranhas. Grandes bolas envoltas em gordura. Há pelos e pele dentro delas, unhas e dentes.

*

Agora, no fim da tarde, tomamos café. Com pães e carolinas. Manteiga e queijo tilsit. Com leite, chá e café. Me esforço mas não lembro de como é o café. Se foi. Conversamos os quatro sobre o tempo, sobre a chuva. Eu, minha filha e as meninas. Falei sobre o livro e minha filha não me entregou. O café lembra a serra, tardes que eu passei com minha tia. E com a tia de outra pessoa. A janela logo atrás de mim, além dela, o terreiro onde secavam mamona. Além da serra, há outra e um gramado maciço cobre o vale. E, além, haveria uma cidade, mas o sonho nunca me permitiu chegar ao outro lado. Como o sonho do castelo. Tenho desde a adolescência, no descampado atrás da fazenda, depois das pedras e do mato, há uma construção, vista uma vez, que não mais consegui alcançar. Surgiam contratempos no sonho. As situações se alteravam. A geografia se altera. As ruas mudam de lugar, as casas são outras. As maiores mudanças estão nas praças.

Eu pergunto sobre os sonhos e ninguém pode responder. Minha filha e as meninas não entendem de sonhos. A mãe de minha filha entendia.

Bom café. O tempo não passa. Eu o marco com xícaras de café. Não é original. Os dias são todos iguais dizem as três, não é o que eu sinto. Tudo é diferente. Não percebem, são outras pessoas. As meninas vão embora, deixam que eu as toque. Pequenos carinhos. De noite minha filha se abraça ao meu pescoço, está procurando sinal delas, ciumenta como o cão.

Cantar entre dois mundos

Não queria continuar me cortando com meu estilete. Tenho marcas pequenas e cicatrizes, uma em cada antebraço, uma cruz de Davi e uma suástica invertida.

Aprendi a olhar os outros.

Seu corpo não se importa muito de ser tão apagado e infeliz. Por enquanto é tudo o que li nos livros de minha mãe, mas acho que não vão tirar isso de mim.

O parque está vazio.

Posso voltar para casa e morrer ou posso ir até a casa de minhas primas. Eu jogo bem e me olham com intriga nos olhos. É como se não tivesse vivido na minha família.

Não sei do meu pai, minha mãe tem um namorado. Ela é seca e seu tom é bem escuro. Bem ramificada, minha árvore sabe que está sozinha no mundo e não se importa muito, como com os filmes. Pouco me importa se são bons ou não, os filmes.

E os garotos já haviam feito uma roda em torno da gente, eu comecei a xingá-lo até ele perder a cabeça. Ele me deu um soco no rosto.

Sou o braço direito da minha mãe, meu irmão odeia sair com ela. Agora eu uso calças e bermudas. Uso um único vestido, preto, longo, que lembra uma capa de soldado, mas uso nos dias frios.

Outono e inverno são as estações do ano em que eu não tenho medo, eu acho que aprendi com ela. Tenho respeito pelas pessoas para poder olhar em seus olhos. Elas fogem de minha mãe, mas acho que as pessoas rezam ou então vão atrás de alguma coisa. Querem se descobrir. Não entendi tudo o que pensavam.

Os que sobreviveram aos campos de concentração devem ter ficado traumatizados para o resto da vida. Muitos se mataram depois.

Minha mãe se mexe demais e derruba as coisas. Muito do que eu faria depois de me matar.

Elas estão na padaria, deserta nessa hora. Também quero sorvete. Há quase nada que me atrai. São como mortas. Queria saber o que eu tenho em comum com a minha família.

Apontam minha blusa. Preta, gola alta, lembra mesmo de um filme ou de um juiz. Há bolhas horríveis em meus pés. Já foi pior. Parecia obsceno, mas eu me sinto bem.

No final os amigos de minha mãe se oferecem para me dizer a verdade.

E a menina japonesa que desenha. Ela falava e falava. Queria beijá-la, queria tocar seu rosto. Mas quando eu falava com ela, de repente senti uma coisa que era um medo muito grande. De repente eu queria dizer sobre a árvore, mas eu vi todos os meus brinquedos. Foi a primeira vez que eu vi todos os meus brinquedos, coloquei-os todos dentro da caixa. Lembrei disso, daquele dia em que guardei eles na garagem.

Já foi pior e não querem acreditar que Deus não existe ou já morreu. Não gosto de fazer isso. Não gosto de fazer isso. De fazer isso. Não gosto de olhar nos olhos das pessoas. Nem deveria contar esse tipo de coisa. Os amigos de minha mãe, por exemplo, são tão unidos. Eu tenho uma tia que se veste mal, disse muitas vezes ela trabalha até tarde e chega cansada em casa.

Eu mal me lembro das cores. Deixei de vê-las há muito tempo. Um dia um deles passou sua mão sobre a árvore, mas eu vi a árvore que vive na itália. Mas eu tenho coisas em comum com a minha cabeça. Foi estranho. Senti vergonha.

Prima mais nova. Elas não me descobriram. Elas me tocam. Sinto arrepios. Quero parecer normal. Minhas primas têm vários segredos. Elas fazem coisas com as fotos do parque da cidade.

Vou me encontrar com um grupo de garotos que jogam futebol. Eu suporto os abraços de minha mãe. Assim que ele se levantou ele veio para cima de mim, mancando, me xingou e não avançou porque percebeu quem eu era. Não entendo por que as pessoas precisam tanto de uma bolada.

Havia algo de proibido se eu continuasse a jogar. Não contei isso às outras pessoas. Não há motivo. Sei que estou doente. Vou morrer. Como o meu time havia se convencido que eu tenho poder, devo acreditar em mim, minha árvore. Espero que não tirem isso de mim.

Tenho treze anos. Na itália há uma estrada de terra que acompanha um muro quase todo destruído. Esse muro, de pedra, me protegeria da árvore grande. Não que eu gostasse dele. Esse amigo de minha mãe.

Com os desenhos que fiz da árvore encontrei uma amiga na escola. Minhas mãos são delicadas demais. Meu rosto deve ser bonito, mais bonito que o de minha mãe e. Se ela me irritava, se eu estou a caminho do parque da cidade.

Uma suástica tatuada em meu ombro direito. Eu fiz no dia do meu pai, aliás, eu devo ter lido quase a metade das enciclopédias. É uma vantagem que tenho sobre ela, minha mãe bebe até seus olhos mudarem de tom e ficarem opacos, ela começa a fazer sentido agora. Não quero nada dos meus colegas de classe. Não quero nada das minhas primas. Nada dos amigos da minha mãe.

Não parece natural. Minhas pernas e braços são finos demais. Minha magreza é quase doença. Às vezes me identifico com as pessoas.

Todos ficam mais simpáticos e toleráveis quando bebem.

*

Tenho marcas pequenas e cicatrizes. O rádio de novo.

The next everything died, even the hyenas. Only one pound, one queer three dollar bill to pop.

O que minha mãe ouve? Eu me sinto desconfortável perto das pessoas. De repente eu queria dizer sobre a guerra. E li alguns livros. Ouvi as músicas. Eu tenho a suástica.

*

Na cidade, duas meninas não pensavam em meninos. As duas andavam juntas.

Débora, reparou Victoria, na maioria das vezes usava um grande casaco ou jaqueta e um boné. Via-se que era mulher pelo par de brinquinhos dourados, os olhos, o sorriso e pelo modo como andava e mexia os braços. Seios bem pequenos.

Victoria, pensava a menina, gostava de mulher. Até seu irmão dizia.

Débora não enxergava o mundo em preto e branco, como Victoria. Tinha os olhos puxados e podia ver todas as cores e podia rir despreocupada e tentar animar a única e melhor amiga que encontrara. Débora comia com a avó todo tipo de comida japonesa.

A prefeitura reuniu os desenhistas da cidade e cedeu um muro para cada um. Enquanto os meninos desenhavam e grafitavam seus heróis dos quadrinhos, Débora terminava um dragão vermelho sendo atacado por um nobre inglês de guarda-chuva. Atrás do inglês, uma lady, em vestido de Mary Poppins, apontava uma pistola para o dragão.

– Pena que você não veja como ele é.

– Mas é bem bonito assim mesmo.

– Você não liga de falar disso... – esperou encontrar os olhos da menina – Como é que você não enxerga as cores?

– Foi quando eu era pequena. Antes eu enxergava. Acho que eu bati a cabeça. Ou caí.

– E você foi no médico?

– Não gosto de médico.

Débora pintava a barriga do dragão. Victoria voltava do jogo. Sentada na calçada, apoiou as costas no muro. Sentia-se zonza. Não comera nada.

– Eu quero contar uma coisa. Ah, acho que cansei. Amanhã eu continuo isso.

Sorriu, esfregou as mãos numa folha de jornal e foi se sentar ao lado de Victoria.

Innuendo

– Vem cá, menina.

Victoria se aproximou da namorada do irmão e a garota tocou seu rosto.

– Você tem uma espinha enolme aqui.

– Eu sei.

A mão desceu pelo pescoço de Victoria e colocou para dentro a etiqueta da camiseta da menina.

– Você ia sair?

Victoria respondeu que ia ao correio, mas a garota já havia visto as cartas na mão dela.

– Vai com a minha bicicleta. O cadeado é 732, o número da minha casa.

Victoria agradeceu e correu para o portão. A namorada magrela do irmão tinha uma bicicleta de 18 marchas.

Numeral e Opus

Seele, trono da alma

– Neon Genesis Evangelion

Todos os dias

As meninas se encontravam todos os dias na estação. De férias, Bruna podia ficar o dia inteiro ali, cochilando a cada hora. Alguém trazia chiclete ou biscoito ou apenas vinho. Elas escondiam o vinho em uma garrafa térmica do Pica-pau. As meninas olhavam os ônibus que chegavam do interior.

Envelopes Numerados

Trilha sonora de Ectabúndi:
"Pequenas letrinhas que vão cansar você,
Eis o mistério da fé."

Luciana esperava a irmã. O ponto de ônibus continuava vazio e ela descia pela alameda. Vestia calça e blusa largas.

Luciana concordou. Segurou os ombros largos da irmã e deitou a testa contra sua nuca.

Anna Opus e Numeral

Anna Opus abria as persianas e Numeral inspecionava o serviço atrasado. Todos os livros ainda empilhados, as caixas desfeitas. E o papel de parede, que atrasara uma semana, agora esquecido enrolado no canto. Anna precisava ter tudo em ordem para acomodar a mudança de duas casas vendidas do espólio de Marcos sênior. Acertaram a venda muito antes da morte dele e a família ia manter a terceira casa naquela cidade.

Quando Anna sentou no meio do salão para tomar seu café, Numeral aproximou-se com desdém. Reprovava tudo. O focinho tocou os dedos da mulher, queria mostrar o pó que agarrara aos pés dela. O pó que sujava a saia branca e a toalha do café.

Anna ofereceu uma fatia de queijo para calar as críticas de Numeral. Comia com gosto e sorria para o gatinho contrariado.

A mulher disse com a boca cheia, eu acho que você reclama porque é branquinho. Aliás, porque era branco, disse, enfatizando o era. Você sabe que precisa de outro banho, não?

Numeral silenciava com decoro enquanto mastigava. E voltou os olhos à mulher quando seu queijo acabou.

Mais queijo? Estamos chatos hoje, não estamos?

*

Deve acontecer assim, você passa a comer menos, os dias se tornam mais insensatos. Você dorme mal e descobre que vai viver assim até o último dia. As frases do barroco tornam-se importantes, você as persegue, você precisa encaixá-las em sua vida. Não se encaixam, são frases. A escola perde a importância e é abandonada. O trabalho absorve quase tudo, sem retribuição. A única retribuição é um colapso, um trauma, o que possa colocar você de lado, para além de tudo o que acontece. E as coisas não param de acontecer, mesmo perdendo importância. O irrelevante aumenta a sensação de grotesco. Há monstros nos televisores, nos jornais. Não retorna telefonemas, não cuida de mais nada. Você sonha, mas os sonhos mais interessantes possíveis. Você deseja mulheres que não suporta. Você queria ter uma irmã vadia, que te fizesse carinho, você queria dormir com ela.

Kit:

– fichas de personagens
– mapas
– tabuleiro
– envelopes
– cartões com ícones e símbolos
– diversos marcadores coloridos

para:
minha amiga Carolina
Manoel Carlos Karam
O pequeno leãozinho que rolou pelo barranco quando o trem fez a curva
Miss Lyra
E Peter Greenaway, nu

Pedro e o mar

Pedro acompanhava os barcos sumindo no mar. Iam engolidos pelo redemoinho. Pedro tinha duas armas. A primeira. A segunda ele vendeu para a própria mãe.

*

O plano

Mas a mais magra veste a mesma camiseta por dias, as roupas estão amassadas e manchadas, e a outra tem a boca suja.

– Kit Marlowe

Como você pensa?

é a história de buscas,
não fuscas,
a busca por uma cidade a beira-mar,
a busca por um livro,
a busca pelo passado,
pelo mundo dos sonhos,
por todas as coisas boas,
(*All good things* e *Many happy returns*)
pela dor.
Os personagens buscam coisas.

E que pergunta a história responde?

Os personagens vão encontrar? Acho que essa é a primeira pergunta.

Não, é a principal.

As primeiras mesmo são quem são os personagens e o que eles estão procurando.

Que plano pretende seguir então?

Eu gosto de algo que o Luiz me contou uma vez, sobre os livros da Jane Austen, que eles apresentam todos os personagens antes de contar a história. Já a Cláudia gosta de pegar as coisas no meio da ação. Ela pode se entediar com uma descrição de quem é quem.

Chegamos à primeira armadilha. Minha tentação, abortada várias vezes, de colocar dois personagens apresentando os outros.

Como você começaria?

Começaria assim, era uma vez.

Começaria com uma corrida, um personagem persegue o outro, força o outro a lhe dar uma lista.

Sinto a vontade de escrever, sinto a força do vento.

São histórias sobre pessoas que bebem e sobre o que fazem para se amar. A ideia de que se pode beber muito me fascina. As pessoas que bebem bastante.

Apreciadores de café, viciados em chá, em Pepsi, pessoas que bebem escondidas e alcoólatras.

Às vezes se pode beber água mineral, é importante ter várias marcas. Algumas importadas, e a variedade nacional de fontes. Uma vez eu mesmo arranjei uma água com sifão. Sifão é coisa de desenho animado ou da Mafalda. Muito bom, todas as coisas são belas.

Na biblioteca: o que as pessoas fazem para amar?

Marcos não ouviu direito a pergunta, já no segundo lance da escada. Correu para o estúdio e quase deixou a garota para fora. Queria saber o que ela havia perguntado. Ela perseguia-o em volta da mesa e havia travado a porta.

– O que as pessoas fazem para se amar?

Não foi isso que você perguntou, ele respondeu. E, subindo na mesa de mogno, pulou pela janela.

Filho da puta.

Sob as árvores do jardim da avó.

– Depende de quem são essas pessoas. Quem são?

– Como?

– As pessoas que querem amar?

– Quem quer amar?

– Você me perguntou o que

– Não quero mais falar disso. Vai, “some daqui, quaeso”.

Marcos puxa o cesto de frutas para o tapete, de volta à biblioteca. Quando os corredores se encontram há um vão circular sob uma claraboia.

– É sério, sai daqui.
– Emma.
– Vai chorar agora, Jr?
– Por que não? Se fizer você me contar o que eu quero saber.
– É esse o problema.
– Das pessoas que querem amar?
– De você. Você consegue tudo o que quer?
– Eu tento.

É isso que ela queria saber? Até que ponto vale a pena. O cretino.

Dias e noites

Em uma praça fria, a garota se retorce sobre o banco de cimento. A jaqueta comprida cobre a garota com asas escuras, um morcego se retorcendo e triste. Passa das dez da noite e ninguém apareceu ainda com o vinho.

Ao lado, Jonas é o menino com o skate, seu primo. Ele aponta para as duas que chegam do meio da praça e agita os braços. Quer qualquer coisa para se afastar da garota. Até as meninas da rua de baixo.

São as duas meninas sujas. A mais magra veste a mesma camiseta por dias, as roupas estão amassadas e manchadas, e a outra tem a boca suja.

A garota morcego se levanta para cumprimentar as meninas. Ela também quer fugir. Saiu uma coisa dela ontem. Uma coisa vermelha e feia, uma coisa suja que morreu. Ela enterrou a coisa no quintal, não parecia em nada com uma criança. Agora se sentia seca e se sentia vazia. Não comeu o dia inteiro, com nojo de abrir a boca.

As duas meninas sujas olham para os dois como se soubessem de tudo. Quando elas dão risada é como se festejassem o que aconteceu com a garota.

O menino com o skate examina as duas com seu olhar mau, olhar que reserva para a própria família. Quer ter certeza. Ele cavou bem fundo. E os vizinhos vigiam. Ele olha para a prima e abana a cabeça. Não sabem, ninguém sabe.

As meninas sujas oferecem chocolate. A mais magra esfrega as mãos no blusão e sorri para os dois primos.

As duas são magras, bem magras. E ninguém mexe com elas. Na verdade, estão sempre enxotando as duas. Na verdade, ninguém sabe por que, mas elas causam mal-estar. Elas entram na padaria e encaram os fregueses e olham para todos os doces do balcão. E estão juntas, e causam má impressão nas pessoas. É a verdade.

A menina com as roupas manchadas empresta o skate e volta para o centro da praça, para contornar o chafariz desativado.

A menina suja vigia. Como a amiga não caiu, ela chama os dois primos para longe do poste, para o banco no escuro, sob a árvore de galhos grandes e raízes altas. Ela mostra o saca-rolha.

A menina puxou a garrafa da jaqueta e a deu para o menino abrir.

O nome do menino é Jonas, a prima se chama Camila. As meninas, sabemos, são Luciana e Victoria.

Jonas foi engolido por um grande peixe. Ele havia perdido a fé, diziam. Essa era a história de Jonas.

Jonas não ajudou a fazer a coisa que vivia nas entranhas da prima. Assim ele achava.

*

Depois da ponte a cidade voltava ao normal.

Desceram do ônibus, a praça começava na prefeitura. O prédio antigo recebera o cerco das tropas paulistas. Houve uma revolução aqui, uma vez. Duas vezes. Isso importa?

O que eu posso fazer por vocês? Era a voz do professor na aula de História. Ele dirigia um lada vermelho. O professor de História vestia jeans e camisa branca de alfaiate. A namorada vivia entre Santos e a capital. Queriam se casar.

Isso importa?

Victoria socou o ombro da amiga com tanta força que ela voltou à realidade. Luciana se levantou e encarou Victoria.

– Eu viajei?

– Você? E eu sei?

– Machucou a mão?

– Não.

Victoria suspirou. Enquanto a mãe tinha amigos como o professor, ela era perseguida pelo professor de História da escola. Por um tempo elas andaram no mesmo passo. Deram-se as mãos quando entraram na biblioteca.

*

– Você concorda com tudo isso?

– Fui eu que escrevi e alguns eu peguei de outras pessoas. Posso mostrar para o professor.

– Mas você está sendo bem radical. Radical mesmo.

– Mas é o que eu penso.

Débora coçou a cabeça. Devolveu o livro para Victoria. Era um livro pequeno e vermelho, quase uma agenda, era mais um livro de receitas. Em cada página havia um título, a maioria das páginas ainda em branco.

– Mas você continua gostando de mim assim mesmo? Você ainda vai falar comigo?

– Claro que vou. Eu sou sua amiga.

Essa resposta deixou Victoria envergonhada. Sentia-se pequena e frágil de novo. Sabia o que escreveria em "Amizade".

O mensageiro

Shi

O velho trazia o caderno de desenho. Admirava o projeto que desenhara para a irmã tantos anos atrás. Ao perceber a menina deitada em seu caminho, Marcelo parou para examinar o livro que Victoria não lia. Também podia ouvir os passos da outra mulher na sala dos livros. Victoria olhava distraída para o forro do teto, mas seu olhar não encontrou o do velho.

– Você reza, Victoria? Faz suas orações?

A menina fixou o olhar num dos furos do forro. O corpo todo relaxado. A menina tentava entender a pergunta. O que queriam saber não era o que perguntavam. Ela balançou a cabeça, e deixou a cabeça pender até seus olhos encontrarem os de Marcelo.

– E funciona? – Toda alegria do velho desapareceu. Ele voltava a se concentrar em um problema e sabia disso. – Funciona?

– Sim.

E Marcelo percebeu o absurdo da pergunta. Já haviam conversado, a menina não rezava para pedir coisas. Marcelo esteve imóvel e mudo em relação a Deus. Existia um Deus, a mãe dele havia ensinado, mas era possível deixá-Lo de lado. A outra mulher na outra sala o incomodava? Eugênia mexia em seus livros, a presença dela, mesmo em silêncio, era um incômodo?

Não. O que era? Era ela? Era Ele? E o rosto do velho se encheu de ternura mais uma vez pelas duas mulheres. E, temendo que Deus o ouvisse, tentou suprimir seus pensamentos. Gratidão, gratidão para com Deus, sabia que esse sentimento era dos mais difíceis de evitar. Você encontra dinheiro, graças a Deus, você cai da cadeira, graças a Deus. Sentia mais uma vez a presença Dele em sua vida. As duas mulheres, eu diria que uma com uma busca e outra que tentava lidar com Deus como se ele fosse um companheiro de viagem, numa viagem que nenhum dos dois planejaria.

O que Eugênia procurava eram sinais. A dúvida e o desespero eram grandes tentações. Tudo levava a mulher a procurar sinais, e ela se odiava por isso, odiava cada minuto de uma existência patética, indigna. Victoria, que via na voz ou na presença de Deus uma espécie de eco e um sorriso de ironia, aprovaria a resignação. Arquíloco, dizia Victoria, tinha uma frase, *aceite a vida como ela se apresenta.*

*

Ricardo costumava-se jogar-se das janelas. Jogava-se das janelas da casa dos pais, quando era adolescente, e jogava-se agora da janela do apartamento que alugara.

Sua prima tirava as fotos. Ela não falava muito, tirava as fotos e às vezes o acompanhava ao pronto-socorro. Ela gostava de vestidos. E da cor preta. Achava difícil dizer o próprio nome.

O pronto-socorro ficava cheio de madrugada. Ricardo conhecia um dos residentes. Os dois tomavam café às duas da manhã na padaria 24 horas. Um havia descoberto o outro, e o prazer de observar os pacientes que chegavam, quando Ricardo veio acompanhar a namorada bêbada.

O interesse do médico era pela prima de Ricardo. Obrigara a garota a despir-se na frente dele e ela passou a pensar nele quase todo dia. O médico também atendeu Ricardo quando quebrara o braço, ao jogar-se da janela do apartamento. Ricardo dizia que não podia evitar. E que era difícil de machucar. Era como escrever.

A namorada e a prima perguntaram se ele podia se jogar de andares mais altos. Ele sorriu, mas entendeu. Os olhos do médico brilhavam de satisfação. Ele acompanhou os três até o raio X e ficou desapontado quando descobriu que Ricardo não precisaria ser atendido pelo ortopedista. O garoto tinha uma ficha no hospital, ficou duas semanas internado uma vez, quando atropelou um carro, de bicicleta.

A noiva do ortopedista também era da ortopedia. E era loira e magra, e usava tamancos brancos e acompanhava o irmão na ambulância, de madrugada. Não faz mal, pensou o médico, alguma desculpa para aparecer ali. A prima de Ricardo se deixou ser fotografada pelo médico. O homem não entendia de fotografia, mas a retratou nua ao lado de pilhas de livros. Às vezes ela cobria a boceta com algum livro e em geral devia se sentar sobre uma encadernação grande e aberta em alguma página selecionada. Ela impregnou as páginas selecionadas.

*

Marcos observava o cabelo curto da irmã, preto, contra a pele branca da nuca e das costas. As costas dela estavam úmidas, a nuca, os ombros. A irmã lia há dias. Lia o mesmo livro duas, três vezes antes de pegar o próximo. Havia desistido de escrever, de novo.

*

Bruna observava o irmão corrigir as provas. A família tinha o hábito de editar o trabalho uns dos outros. Marcos lia a tese de Helena e também fazia anotações sobre os diários de Renata. Na fila havia ainda a tradução nova de Gil, que era quase da família. Marcos evitava sair de casa no calor. Vestia preto, de luto, e com os óculos que a mãe construíra.

Não se falavam pelo quinto dia. Marcos cozinhava e Bruna fingia arrumar a casa. Um procurava o outro de noite e acabavam dormindo juntos, na cozinha, onde era mais fresco. Em silêncio, voltaram a jogar xadrez.

Mariana apareceu no domingo. Encontrou os dois no estúdio e não quis interrompê-los. Bruna tinha diante de si a filha adotiva, e nada disseram. Voltou a ler e deixou o estúdio para jantar.

Marcos cozinhava em silêncio. Bruna ouvia a filha.

Mariana fez a pergunta para Marcos. Na varanda, Bruna espiava as estrelas e bebia champanhe na taça nova que a filha trouxera. A luneta era quente ao seu toque, escorregadia. O piso sob seus pés era quente também.

Você quer saber se eu e sua mãe dormimos juntos de novo? Mariana balançou a cabeça, os olhos desconfiavam do tio. Você tem ciúme de mim ou de sua mãe? Eu tenho inveja, respondeu a sobrinha.

Mariana havia sido direta. Franqueza não impressionava Bruna, entretida com a luneta.

O mapa florentino

Entrar no vagão, descer do trem. O sistema do metrô absorvia tudo sem cobrir a cidade. Mas a viagem cansava. Gil se descobriu na Liberdade. Havia então uma falha nos mapas de Marcos. No colégio, quando conheceu Marcos, Gil viu-se diante do pequeno deus, um deus com dentes que era também o pequeno cavalheiro. Em silêncio, sem que ninguém soubesse, mesmo Selina, Gil cruzava os mapas. Símbolos ascendentes, símbolos descendentes. Marcos observava que o tema da queda em seu escritor irlandês preferido apontava para o alto. Os mapas do inferno estavam errados, um erro leve. Gil suspirou e retornou ao vagão, pela primeira vez sem olhar muito tempo para ninguém, sentou-se perto da porta. Cai o que está em cima. Algo posto no alto. O metrô como o inferno levava às necrópoles. Os hospitais e as lojas, ao purgatório. Mara descendo a 25. Mara. Ilusão. O paraíso, conjuntos habitacionais verticais, os grandes apartamentos, os novos apartamentos. Marcos discorria na virada do ano sobre o vulcão de Lowry. Mas é o apartamento o inferno. Os versos se refaziam na cabeça de Gil, *in the room*, medir a vida com colheres, o mapa não dependia da topografia. Cantos e estações. No inferno estão os inimigos. No inferno, a hipocrisia. O vulcão pode ser explosivo, destrutivo para a gentalha. O monte Fuji, Etna. Tudo é estável, alto, monumental, esse é o vulcão. Marcos tinha a facilidade da família para fazer inimigos, herança da mãe. Ele olhava o sofrimento de longe, era isso?, e agora não é mais. Matemática e medicina. Marcos bebia gin e água tônica, quando bebia.

*

Tito voltara para o andar de cima. Examinava as pilhas de livros espalhadas no depósito. Ele e a mulher se livraram dos sobretudos. Os dois debruçavam-se sobre os livros como morcegos. Então Bruna desistiu da peruca loira e a guardou no bolso esquerdo, guardou também as luvas.

Você sabe mesmo o que estamos procurando? Tito respondeu que não sabia. O livro era pequeno, do tamanho de uma agenda. A encadernação original era negra, sem nenhuma marca. No andar de baixo, a festa avançaria até o nascer do sol.

O sol nasceria primeiro no depósito, pelas frestas do forro, e acima havia uma abóbada de vidro escurecido, uma criança conseguiria subir lá. Tito fez a mulher se equilibrar em suas costas. Nada, Bruna encontrou pó. Conseguiu passar a cabeça e um braço pelo alçapão.

Bruna, Tito e Marcos saíram por último da livraria. Marcelo havia chamado duas faxineiras. Às 10h as duas faxineiras acordavam os três no grande sofá no centro da livraria.

Ricardo e o velho Marcelo jogam xadrez na primeira mesa de pedra da praça. O velho tem os mesmos óculos de Marcos. Se Ricardo perder, deixará de ser escritor. Renata faz marcas no braço, com a ponta afiada da bengala. Ricardo ainda precisava da bengala. Renata recontava em voz baixa a história da costureira, que o velho guardara para ela. Não podiam se falar enquanto Ricardo estivesse ali, tinha medo do escritor e da mania dele de roubar histórias.

Você precisa se livrar desse namorado vagabundo, menina. Preciso, mas eu gosto dele. Sua mãe gostava de mim e nunca se casou comigo. Aliás, ela nunca fez nada de bom para mim. Renata balançou a cabeça, mas não podia interromper a partida. Ricardo desconfiaria.

*

O velho abriu a porta, a menina nova se aproximou da gaiola. Era esse o irmão de Marcelo, Renata enviara Victoria para ele. Crio pássaros. A menina abriu o peixe com a faca menor. Sabe que não acredito em comida japonesa, o que afinal você vai fazer para mim? Mas a menina não queria mais falar com ele, tinha medo de dizer alguma coisa errada, tinha medo de que o velho caísse e se quebrasse todo ou ficasse cego de repente.

Ou surdo. Era fotógrafo.

Meu irmão mandou você, não foi? Ele falou de mim? Não sou alcoólatra, sabia? É tudo invenção dele. Ele me botou num asilo, você acredita? Ele me botou, ele me tirou. É arrependimento?

Dez minutos depois, o velho e a menina estão juntos no sofá, o forno deve estar quente. O velho bebe pinga, Marcelo havia dito que era whiskey.

*

O irmão de Marcelo cobrira tudo que pôde. Até 1994, quando se sentiu velho demais e foi internado num asilo. Ninguém queria proteger um velho. Às vezes ele entrava numa área ocupada sem levar um rolo de filme.

Por que ele e eu brigamos? Vou falar de outra menina sem nome, mas ela tem muito mais anos que você. Ela deu o nome a um vagabundo que não merecia. Putinhas se vendem pelo mínimo. Essa outra menina sem nome é fotógrafa. Meu irmão é fotógrafo. Nós brigamos por inveja. Ele tinha mais dinheiro, ele era fotógrafo. E ele não queria mais tirar fotos. Não há mulheres na guerra. Há, mas ele se recusa a fazer. Ele não tem mais dinheiro para whiskey, eu sei. Não vou deixar ninguém da família passando fome, é certo, mas isso não é da sua conta nem da minha neste momento. Ele tinha 15, eu tinha alguns anos a mais. Hoje ele é o mais velho, não parece mais velho? Eu precisava das fotos, ele não entendia ou não queria entender. Meu irmão pensava em guerra. Você sabia que não houve um ano sem algum tipo de conflito? Pelo menos ele não me contou do tempo em que não trabalhava, das mais breves até essas guerras grandes que aparecem nos jornais. Conflito, eles usam a palavra conflito. O sotaque dele é lastimável mesmo. Essa menina sem nome fez trabalhos para mim. Paguei tudo. Ela não gostou de mim. Mas aceitou o dinheiro. É assim hoje.

*

Ela pediu para ele dizer algo bom. Ricardo descobriu que não tinha as palavras para dizer algo bom. Folheava a novela que relia, com a espreguiçadeira na varanda. Se ele fosse Victoria, pensou, poderia dizer coisas como "eu gosto de você" ou "você me faz feliz".

Minha namorada usa a violência para se punir. Quando não gosta do que alguém fez, ela para de falar com a pessoa. E espera a mágoa passar. O que é essa espera? Parece se privar do outro e privar o outro de você. Duas punições. Ele só pode te tocar se você deixar. Mas se você deixou, há um motivo. Você é como eu.

Antes de Ricardo desistir, a luz acaba. Telefonam para ele, do centro, a luz acabou em toda a cidade.

Chove até para Renata

Madrugada de chuva de São Paulo. Às vezes tenho pena de meus irmãos e irmãs. Quero ficar sozinha, quero ficar pensando em mim, ter pena de mim. Pensei, é tudo tão estranho, pensei isso quando vi as duas meninas pela primeira vez. Elas me lembravam de mim, o Marcelo sabia disso e sentiu isso. Pensei em como as coisas eram ou são estranhas. Tudo isso faz parte de mim? Marcelo. As meninas iam ao apartamento dele. Tivesse coragem, ia me arrastando até a varanda para tomar a chuva. Prefiro assim, o piso frio.

Não consigo lamber minha barriga

E Gil encontrou Eugênia uma vez assim, a mulher com o nariz no bolso do casaco dele, ainda nua, enrolada nos mesmos lençóis. E tinta no bolso do casaco. A tia reformava uma seção da galeria e a cada semana a luz escurecia mais. Ficava cega. Você esperou viver 75 anos? A casa se torna uma pista para entender a história da família.

*

A inveja era grande. Gatos dormem muito, depois se demoram no banho. Eugênia enrolou-se na toalha e se deitou com o rosário entre as mãos.

*

Todas as tardes meu pai aparece aqui na biblioteca. Será que ele vem ver se meu trabalho está indo pra frente? Ele sabe que eu trabalho. Mesmo meu pai, é difícil entender o que ele diz. A fala dele é pensada. E repleta de alusões sexuais e duplos sentidos. Ontem ele veio tomar café comigo. No meu intervalo, desço para tomar chá na cafeteria. Às vezes eu como um bolinho de chuva.

*

Dias ruins, sem conseguir me concentrar no trabalho. Pode bem ser o calor, tenho acordado moído, sem ânimo. Sem conseguir escrever nem desenhar. Daí veio a correria da licitação para o governo e não consegui ler mais nada até agora. No fundo, todas as minhas tramas são políticas. Tudo é tribulação.

Arquiloco de Paros

Eram duas meninas. Dessas comuns que você encontra na rua, de tamanho normal. E a idade, ah, idade entre 14 e 20, não mais que 20.

Quem é Victoria? Filha de pais separados. Victoria anda sempre ereta. Olhos escuros que se fixam com intensidade em cada coisa, mas sem se demorar. Victoria tem o cabelo castanho claro, numa cor que a mãe chama de suja. Magra, Victoria se move, os movimentos são duros, e por muito tempo não suportava ser tocada. Os prazeres de Victoria são olhar a mãe dormir no sofá, examinar as mechas de seu próprio cabelo espalhadas pelo piso da barbearia, medir-se no espelho, quando se examina nua. Ela admirava o jogador chamado Viola. Victoria é fascinada pela Segunda Guerra e pelo nazismo. Ela conseguiu convencer a mãe a pagar uma tatuagem e agora a menina possui uma pequena suástica no ombro esquerdo.

Luciana esperava que um dia sua mãe e seu pai se separassem. Luciana queria morar com o padrasto. A mãe de

Luciana era bióloga, foi casada primeiro com um tradutor e teve com ele uma menina chamada Renata. Adriana se casou com um engenheiro e Luciana nasceu.

Luciana é tão branca como Victoria. Têm a mesma altura e gostam de manter o cabelo bem curto. Luciana tem o cabelo preto.

Luciana se esparrama pelo sofá:

"Eu te amo assim"

A *história não fala de você*

Da sala, o avô vigiava a menina. "O ofício da leitura exige a vivência da solidão." A filha do velho usara essa frase como epígrafe a um dos ensaios não publicados. "Não a sua compreensão".

– Você imagina que sua mãe gostaria de saber que se tornou uma leitora? Que você se esforça para isso? Você imagina o que ela pensaria e sentiria?

– Não há mais nada para mim, há?

– Você voltará para o casarão.

– Semana que vem.

– Sua mãe era brilhante. Assim como você imagina que ela foi, brilhante mesmo. E um dia largou tudo para se casar com o estrupício e ter um monte de filhos.

E Marcelo riu, nem todos os filhos eram legítimos.

Era a primeira vez que o velho falava da mãe de Mara, em seis meses de convivência com a neta.

– É assim que o senhor me vê, como parte de um monte de filhos.

– Era assim que ela te via.

O velho terminou de adoçar o café e serviu duas xícaras.

– Eu me lembro dela e do amor dela.

Amor.

Mara sentiu vergonha por pronunciar aquela palavra. Mara não amava ninguém.

– Sua mãe era preocupada com a morte. E com a degeneração. Escatologia, processos orgânicos, tanatologia. A sujeição da consciência ao imperativo animal. "A gata independente torna-se muito dócil, submissa, à prole."

– "Se você me ama, não é mais livre." É isso?

– Sim. Sua mãe queria entender como as coisas se tornam o que elas são. A tese dela, que ela nunca teve coragem de apresentar era sobre o que Aristóteles escreveu sobre geração e degeneração.

– Eu não quero acreditar no que o senhor me diz.

– Eu sei.

– Sabe.

– Eu fiz de minha casa minha sepultura. É uma tradução imprópria. E eu me sinto traidor agora... É tão horrível assim fazer do próprio corpo seu laboratório?

– E com a vida dos outros – e a menina se surpreendeu com os olhos do avô. E entendeu que o velho havia sofrido. "Ele foi usado também. Ela dormiu com ele, não porque ele a seduziu. Dormiu por uma experiência".

O velho deduziu o que a menina descobrira e tomou a palavra:

– Sei que seu inglês não é bom o suficiente. Tenho uma boa tradução de um conto irlandês. Traduzido em conjunto por sua mãe e a mãe dela.

Medo da Chuva

Mulder vê o Homem com Câncer no hospital: "por favor, diga que você está aqui com fortes dores no peito"

Skinner para Mulder: "agente Scully esteve aqui e mentiu descaradamente"

Setembro

A conversa é interrompida. A advogada é encaminhada de volta à cela.

Eu não sei o que ele quer dizer com "o homem". Achava que sabia. Escrevo agora o que pensava quando era criança, e é o mesmo que senti. Vontade de jogar tudo, de queimar as fitas, de tocar fogo nos livros, nos livros dele e em todos.

Não há nada para você aqui. Suma.

A voz dele não é a voz de meu pai. E ele não fala de mim. Coma frutas no café da manhã, divirta-se, aproveite o dia, essas palavras. Mas o sorriso é o mesmo, não é?

*

Marcelo precisava de café.

– Você sabia? Um barulho horrível de chuva aqui. Eu mesmo não sei.

– Preciso de café. É do que preciso. Podem escrever Marcelo precisava de café.

*

Há muita coisa que ainda não entendo. Dizem que falta pouco agora. O que querem dizer com isso? O que querem dizer quando pedem para eu me arrepender? Eu me arrependo tanto.

De repente a fé é como uma gincana. Seria estranho viver assim. Além de todos os pecados, uma gincana de salvação. Se a recompensa do pecado é a morte, o tempo vazio entre a morte e o pecado deve ser preenchido com algum tipo de jogo. Pois pecado e morte importam.

Eu me arrependo muito, até por coisas que me sei muito inocente, até por coisas que foram outros que fizeram. Filmes ruins, por exemplo, eu me envergonho de todos eles. E são muitos. Não posso assistir a todos.

E se eu disser isso ao padre, ele vai me dizer que tenho pouca fé. Ou não diga nada. Será melhor falar de outras coisas. Vou comentar sobre o tempo, o padre vai dizer algo ameno sobre o tempo. Não vai me censurar sobre falar do tempo, das nuvens, da chuva que caiu o fim de semana inteiro.

Ele pode ficar bravo comigo, não pode?

Minha professora dizia que Jesus não gostava de criança que faziam arte. Jesus também não gostava de crianças que respondiam aos pais e mentiam. E outras coisas. Eu pensava que havia contradição nos gostos e desgostos de Jesus, mesmo ele sendo o filho de Deus. Ou você mente ou você responde a seus pais. E eu descobri que se você mentir é você e Deus que vão saber.

Deus gosta de te ver mentindo? Eu me perguntava, pergunto até hoje. Para resolver isso, muita gente passa a ignorar Deus. Sei o que acontece com gente assim. Em algum momento no futuro, eles voltam. Voltam para Deus e olham para o alto e cantam e fazem um escândalo tão grande que é como se você também estivesse nessa com eles, como se você fosse um ateu filho da puta tão miserável quando eles foram.

Claro, você pode ser curado, salvo ou sei lá o quê. Quem não pode ser salvo, em geral pode se embebedar. Ou outras coisas. Outras coisas, como jogos.

Entre as coisas de que me arrependo, eu me arrependo de ter de ser salvo por essa gente barulhenta que me olha como se eu fosse um incômodo. Não gosto de ser olhado como se fosse um obstáculo, algo que os outros vão superar com a fé e o amor de Deus.

Confesso que também tinha vergonha de ser salvo por um homem barbudo e cabeludo num camisolão branco. Se ainda temos de ser salvos, por que não com alguém que se veste bem? Se Jesus viesse vestido de super-herói, e com uma capa. E não fizesse aqueles gestos esquisitos das pinturas. Aquele com dois dedos apontados para o mundo e dois dedos dobrados. O que aquilo quer dizer? Não explicam essas coisas. Eu devia perguntar ao padre.

Quando era criança, pensava coisas de criança. Penso essas coisas até hoje. Tinha medo de ir para o inferno. Tenho ainda? Sim. Mesmo duvidando, tenho o mesmo medo. Mas uma coisa mudou. Sim, o que mudou foi minha perspectiva. Hoje, se eu for para o inferno, lutarei. Dure para sempre, mas lutarei.

Certo, há um erro nesse pensamento. Eis o erro, você não luta nem agora que está vivo, não luta nem pelas coisas pequenas, você é um covarde que fica esperando a morte. Posso ser cínico também? Se eu sou covarde, então sou covarde, o que pode mudar isso?

Mais um jogo. Essas palavras são minhas. Mais um jogo. Mas podiam ser do capeta. Podiam ser palavras do padre. Faço mais um jogo. Entre o almoço e a volta ao trabalho. Eu não gosto desse jogo. Se pudesse escolher, faria outros. Há jogos tão bons. Há o que não seja jogo nesse mundo, mas eu nunca tive a coragem para isso.

Falta pouco agora. A hora não passa.

*

Vou dizer o que sei. As crianças são todas loucas, as meninas. Elas correm sob a chuva. Elas dão gritinhos loucos e fazem coisas loucas. Ainda hoje fazem isso.

Conheci uma mulher que tinha alergia. Ela não podia tomar chuva. Ficava com manchas e a pele coçava. Não era uma mulher louca. E gostaria mesmo de correr sob a chuva. Ela me fez desenhos. Às vezes ela vem me visitar. Mas em geral eu esqueço dela, lembro de mim mesmo e de meu apartamento.

Quando lembro dela, fico assim. Faço café e me lembro de que ela fazia café para mim. Ela fazia outras coisas também. Essa mulher me apresentou outra mulher, uma que tinha crianças. E eram crianças loucas. Falemos de outras coisas. Das coisas que as crianças falavam. Porque não chovia muito naquele tempo. E se podia andar na chuva. Faz tempo que não ouço a chuva. As crianças falavam dos animais. Tinham todo tipo de história, mas gostavam mesmo da história de animais.

Eu gosto de fazer café quando tem uma chuva como essa. Eu sonhei com o padre, lembrei agora. Havia um padre no meu sonho. E o padre falava de Deus e do medo dele.

*

A menina tinha um sonho, um desses sonhos que aparecem no meio de agosto. Agosto é o mês em que este país desfaz seus projetos. O país todo? Não sei. Mas a menina tinha sonhos em outros meses. O sonho do meio de agosto era visitar todos os lugares bons da cidade. Por bom, entendemos um lugar em que haja vento, vento em abundância. Se ela me disse o abundância com um sorriso, não é da conta dos outros.

Saímos assim, no meio da tarde, tomando todos os cuidados. Lembro de quando não tinha a pele cinzenta, já havia tanta gente preocupada com o que eu pensava e dizia. Eu dizia muita coisa que não pensava. E fazia o menos possível.

Tudo o que fazia de condenável, todas as coisas que me envergonham até hoje foram involuntárias. É uma fraqueza minha não ter aproveitado nada do involuntário. Feliz de quem chafurda em seus atos de vergonha? Por que não? A vida é mesmo chata. Neste país, pelo menos. A menina mesmo me diz isso. Ela usa camisetas regatas, brancas como as minhas. Mas essas meninas de hoje não se importam muito com higiene.

Fomos ver o cemitério dos israelitas. Boas sombras, muito vento. Ela queria tirar fotos, conseguiu a câmera emprestada da outra menina. Sim, convivo com várias meninas. Ser exclusivo é algo das gerações novas. Ela subiu nas esculturas e eu tirei algumas fotos enquanto ela não olhava para mim. É agosto e andamos de carro pela tarde.

De segunda a sexta: em que Marcelo prepara uma nova entrevista

1

Marcelo espreguiçava. As duas meninas procuram café na cozinha. Cafeteira. Pó. Ele retira dois volumes da estante e se acomoda no parapeito do quarto.

2

Sob a chuva, os três descem a escadaria da praça.

3

– Você tem sede?

– Às vezes.

4

Eu me vejo em algum campo. Há esquadrões dessas senhoras ecológicas. Não vejo nenhum homem ecológico. Nada atrativos. Acho que eles mugem, e têm aquele cabelo comprido. E todas as senhoras são senhoras, da minha idade. Mas elas vestem salto e meias e calcinhas. A visão delas é ruim, e eu tento não ser pego. Acompanho esses esquadrões, tocando aqui e ali. Não me imagino nu. Não sei dizer minha idade. Em algum momento, servem pedaços de pizza. É essa minha fantasia.

5

– Eu não me importo.

A voz da mulher lembra muito a minha. Ou foram as palavras que lembraram as minhas. Ela me olha mais uma vez. Procuramos todos os nomes da lista, não procuramos? Não sou mais um estranho agora. Me vejo em algum momento me levantando e andando ao lado dela. Volto a escutar as coisas que ela diz. E a advogada acena que eu devo me levantar. É agora? É isso?

*

Quando parou de chover, as duas meninas deixaram o apartamento. Iam de um Marcelo a outro. Este era mais novo e tinha dinheiro.

Luciana:

– Voltamos?

Victoria:

– Quem sabe.

– Eu gostaria de estar aqui.

– Imagino.

"Morbidez" ou "morbidade" da alma?

Lábios. Gaivotas. O céu que era azul. Victoria. As mãos, algumas mãos. O nome Victoria. A menina se enche de sons e sabores. O céu era azul, foi azul um dia.

Luciana ouve barulho de chuva. A chuva desce. Lábios. Lips. A frase escrita na parede. A frase que a irmã citava. E o pai. Óculos escuros. O assento, a calçada. Para-lele-pípedos. S. Ssss.

As duas não se falam. Por dois minutos.

– Eu tenho medo do que aprendi por acaso.

Victoria reconhecia esse medo. Medo das coisas que você pode aprender por acaso, como se os objetos confirmassem segredos e você se sente uma intrusa no mundo.

– E você?

*

– Você pensa em termos humanos. Sim, o homem se adapta bem, é a lógica do campo de concentração.

– Que é a mesma da cidade, da escola.

– Et cetera. Mas as baratas se adaptam mais que o homem. E, será que elas adaptam os outros? O homem nasceu no meio dos insetos, tudo indica isso. As baratas convivem com o homem, em vantagem. Mas houve um dia escolha? Um dia elas escolheram viver com o homem? O homem vai poder escolher um dia viver sem elas?

Muitas vezes, em vez de trocar gibis e livros, um mostrava para o outro os insetos que encontravam.

Victoria sabia que o professor gostava de sua mãe. Ou a mãe de Victoria tinha tempo para conversar com o professor. A diferença entre o professor e o professor de História era o mundo inteiro.

*

É assim que você lê um texto, transformando cada previsível enumeração em traços.

Fiz –, – e –. Ontem, – parecia –. Sobre a mesa –, – uma certa –, –, a – que eu tinha visto na –. Um – desgastado, uma – de minha –. E por aí vai.

Quando ela fez 14 anos já usava os cabelos curtos.

Quando fez 16, decidiu esquecer todas as coisas chatas do dia anterior. Decidiu também se livrar de todo entulho e de todas as relações e obrigações de que pudesse.

Do you love me?

– Posso fazer alguma coisa por você?

– Qual o preço daquela concha ali?

– A maior?

Esta é a praia. Lu volta da rua do comércio com um embrulho.

– Quem mesmo que nós amamos?

– No momento... ele.

– E sua amiga volta das férias algum dia?

– Débora mental. Deve ter voltado.

*

A menina exibia marcas de café azul na pele azulada.

Ela morava na casa dos avós, a casa era pintada de azul, um azul claro, que lembrava o mar. Os avós queriam viver perto do mar.

Era assim o poema que o avô repetia para a avó:

Não era sempre assim

Não foi o que eu disse?

A menina de cabelo preto e pele azulada bebia leite. Era assim, a porta da cozinha ficava aberta, a porta dava para a vista da praia, o leite era branco na caneca de porcelana, a menina mergulhava os lábios até sentir o esmalte da caneca, ela vestia uma camiseta regata de dois dias e segurava com as duas mãos, escorria leite pelo canto dos lábios, às vezes pingava leite na camiseta.

*

É verdade que ela. É verdade?

– É verdade que ela abriu mesmo a gaivota?
– É. Eu vi.
– Com o bisturi.
– Como digo que viver não adianta?
– Viver é inútil?

– Vão pensar que quero dizer que viver é sem propósito. Não é isso.
– Viver não funciona?
– É feio.
– Claro que é.
– Viver não funciona. Posso pôr o teu nome?
– Depende.
– Vale dez pau.
– Não tenho tudo isso.

– Eu ia te pagar os dez.

– Claro. Eu sabia.

A prima

– Você se lembra de muita coisa?
Victoria balançou a cabeça. Lembrava-se, mas não muito.
– Eu me lembro de uma prima. Era mais velha que eu, como as suas. E assim que deixavam ela sozinha, minha prima pensava em morrer.
– Minha tia morreu. De câncer – e Victoria afastou a lembrança com as mãos.

– Minha prima pensava em morrer e pensava em se matar também. Era só ficar sozinha.

E Anna voltou-se para os papéis de Marcos ainda sobre a mesa.

Informe sobre Van Diemen's Land

Do bolso do casaco emprestado Luciana retirou uma nota com a letra de Marcelo. O sol caía e a praia ficou cinzenta e fria.

São nomes e datas entre colchetes. O vento esfriou, o vento levanta as mechas da menina.

Abel Tasman [1603-1659] e **Anthony van Diemen** [1593-1645]

Spallanzani [1729-1799]

Teilhard de Chardin [1881-1955]

Benoit Mandelbrot [1924]

O pintor no salão maior

O cartão dizia que a vida começa às 9h20, sem atraso, com *My Heart... So Blue*.

O remetente cortou o resto da mensagem: Espero que tenha alguma decência em comparecer. Trajes apropriados, na lista que você recebeu semana passada. Amor, D.

Atrás o cartão trazia uma lista de músicas em uma letra minúscula. A lista percorria a borda do cartão. Victoria ouvia mais músicas dos ano 80 do que na infância. Naquela casa o regime era rígido. Brahms e Bach. Eletrônicos diversos. Glass, Cage, Stockhausen. Ópera italiana. Clássicos dos anos 80. Beethoven e Handel.

– O que vocês querem ouvir? Nirvana? Blink? Quem vocês pensam que são para ouvir essas coisas?

Dobrou o cartão e voltou a se deitar ao lado do velho. Iam deixá-la telefonar para casa? Iam obrigá-la a ligar para a mãe? Desconfiava de terem dado alguma coisa a mais na bebida.

Imóvel, o velho fitava a parede há meia hora. Sentiu as costas da menina contra as dele. O velho disse por fim:

– Recebeu o cartão?

– Já acordou?

– Você vai ficar para a festa?

– Pode?

– Por que não? Você tem um convite. Sabe onde vai ser? No salão maior.

*

O pai quase terminara de pintar o teto. Luciana vestia uma jardineira e a camiseta de Victoria. Alguém havia sumido com seus tênis e com as meias.

– Quem organizou a festa?

O pai desceu dois degraus da escada. Encarou a menina e balançou a cabeça:

– Se não foi coisa do velho, deve ser daquela mulher, a dona da casa.

– O senhor vai ficar?

O pai voltou a subir a escada, decidido a terminar a primeira demão.

– Depende. Sua mãe vem para a festa?

– Acho que não.

– Não sei.

– Não sabia que o senhor pintava.

– Há coisas que você não sabe de mim, daria para encher um caminhão.

– E o senhor sabe tudo de mim?

– Mantenho algum contato com as pessoas que você conhece agora. O que imagina?

– São todos loucos, não são? Você é como eles?

*

– Você pode descrever Marcos para mim? Eu sei que ele tem esta altura, 1,80m, ou mais. Ele é magro, tem o rosto da mãe, o porte é do pai. Você pode descrever Mara?

– Por que todo mundo nessa casa usa suspensórios?

– Todo mundo?

– Até a Bruna, eu vi ela usando lá na cozinha.

– A-há. Leve-me à cozinha, filha.

*

Lóri parou de arrumar o equipamento.

Marcelo o velho olhava distraído a chuva no parque e a mulher ao lado dele. Havia anotado na caderneta as medidas da mulher. A chuva o divertia. O telhado fazia muito barulho com a chuva e Lóri não conseguia pensar direito. Marcelo imaginou que a mulher não conseguia pensar direito, devia ficar o mais calado possível. Mas já sabia que Lóri não gostava dele.

– Vem alguém te buscar?

– Não. Vou carregando tudo isso até o ponto.

A mulher tinha um telefone celular com a bateria descarregada.

– Eu não fumo – disse sem pensar, assim que Lóri deu mais uma volta sob a cobertura.

Lóri o encarou, desviou o olhar, tornou a encarar o homem velho. Nojo? Não. Tesão? Menos. Ódio? Raiva? Não é meu pai. Pena? Não, não é meu pai. Você iria para a cama com

– Tem horas?

– Duas, duas e quinze.

– O senhor não vai olhar o relógio?

O velho tirou o relógio do bolso, conferiu o horário e sorriu. Lóri insistiu:

– Duas ou duas e quinze?

– Duas. E quinze.

– Obrigada.

A chuva engrossou. Lóri tinha as pontas do dedos pelas maçãs do rosto. Antes de levar os dedos ao nariz, conferiu se Marcelo a olhava.

O velho olhar de peixe morto. Você faz melhor, não faz? E sorriu mais uma vez para Lóri.

– Ninguém vem te buscar?

– Não sou tão velho.

– Não quis dizer isso.

– Isso o quê?

Mas Lóri não queria jogar. Voltou a encarar o gramado encharcado. Frio. Frio e sede.

– Aquele era seu namorado, Lorena?

– Não.

– Ele não gosta muito de você.

– E?

– Às vezes não se sabe das coisas mais elementares.

– Sei. Eu sei dessas coisas.

O olhar de um não encontrava o do outro. O velho sentou no chão e apoiou-se na mochila da mulher.

– Gostou das meninas?

– Não sei. É importante?

– Sim, é importante eu saber, na minha idade.

– Disse que não era velho.

– Tão velho. Não sabe quando os mais velhos estão brincando com você?

– É uma pergunta?

– São duas meninas que eu conheci. Mas ainda falta muito. Conheci há pouco. Duas meninas.

Lóri percebeu a cadeira desocupada. Ele esperava que ela demonstrasse algo? Raiva? Vergonha?

– Não vai se resfriar?

– É importante saber se você gostou do trabalho. Se faria de novo. Não vou me resfriar. Não fico resfriado.

Gabriel dizia a mesma coisa. Gabriel ficou resfriado. Um resfriado forte. Disse que morria. Disse que morreu. Os dois faziam jogos, é disso que ele e esse Marcelo gostam, de jogos. Serei assim quando velha?

*

Marcelo se deitava de lado, com as costas contra a parede. O velho terminara de se masturbar e não conseguia botar o pau de volta para dentro da calça. A menina ficou olhando a cena da poltrona. Mara e seus grandes olhos de pena para o velho.

– A cabeça da gente fica leve, você sabe – a voz de Marcelo falhava. – Eu não sei direto, não sei.

O velho chorava?

O velho tentou se levantar e virou o tronco para o lado da poltrona. Olhava na direção da menina.

– Você já se deitou com um menino?

A menina balançou a cabeça.

– E como é? É bom? Você quer fazer de novo? Quer fazer mais?

– Sozinha é melhor.

O velho riu. Conseguiu se virar, deitou de novo, dessa vez com a cabeça voltada para o sofá. Com a cabeça na beirada do colchão, enxergava a menina de cabeça para baixo.

– Você tem medo de mim?

A menina não respondia. Os dois ouviam alguém que subia a escada.

– Mora uma velhinha horrível lá no 47. Horrível. Você acha que ela pode querer alguma coisa comigo? Eu acho que ela não devia. Nem consigo manter as coisas dentro da calça.

– Eu posso fazer com a boca. Sabia? Eu posso fazer, se o senhor quiser.

– Eu achei que você já dormia. E depois eu não conseguia parar.

– Não vou conseguir dormir agora.

– Daí as olheiras. Vamos levantar. Ouvi que vai chover.

Bruna e Marcos

Eu gosto da madeira do escritório, de escritório antigo com madeira e verniz. Da madeira envernizada, do carbono e da fita da máquina, da máquina de escrever, da borracha de apagar. Não gosto dos pombos. A praça fica cheia deles, de sujeira, fezes de rato. Gosto de verniz, acetona, álcool, benzina, esmalte de unha. E do meu suor. E do meu corpo, menos naqueles dias. E do corpo do meu irmão.

Que o irmão entre na sala:

– Não sei o que faço com meu pau. Não quer mais descer. Perdeu o respeito até pela mãe do zelador. Cantei o hino, o da independência e o da bandeira. Cantei *La cucaracha*.

O irmão atravessará a cidade?

Esperma. A primeira vez que gozou, esfregava-se entre as cobertas, no chão do quarto, no vão entre as duas camas. Sentiu que o corpo o abandonava, estremecera. Sentia o peito e todo o ar que entrava e saía, o vazio partia do peito. Teve os olhos quentes, e foi limpar-se no banheiro.

A irmã, que partilhava do gosto pela textura de lençóis e cobertores, dormia com meias de lã, meias grossas e velhas, e três travesseiros. Ela esperou que ele se deitasse ao lado dela no chão. Os lábios dela repousam sobre o sexo do irmão, com o polegar esquerdo pressionando a base, ela pode subir e descer os lábios movimentando-os o mínimo. Perde quem fizer movimento brusco. Ele perde no descontrole dos movimentos, ela perde se se mostra impaciente.

O jogo termina. Ela tem esperma na palma da mão. Esfrega a mão na coxa dele, estende os dedos para ele lamber.

Eu gosto quando ele termina de se vestir. E quando ele está grave e concentrado na igreja. E de como as mãos e as pernas se mexem.

A irmã se veste.

Intromissão

Uma mãe de olhos azuis brilhantes, altiva, com um sorriso largo e todos os dentes. Seus movimentos são de majestade, ela se cobre de blue jeans, a cabeça descoberta mostra cachos loiros, curtos e crespos:

– Deus criou o primeiro homem à sua imagem e semelhança.

Ela tem uma filha de cabelo loiro que desce à cintura. A filha tem uma tatuagem no tornozelo direito. Ela habita com os demônios.

Deus leva o homem ao McDonald's. Obrigado, senhor.

A mulher tem quarenta anos. Há marcas dessa idade em seu rosto. É 12 de outubro de 1998. A mulher recorda a semelhança entre os deuses e uma família da máfia. Não foram os deuses que conhecemos que criaram o mundo, tomaram posse dele. Ou tenham se retirado para a Sicília.

A filha deixou as batatas para a mãe. Ouvia uma banda nova no walkman, *The Bank of Numbered Sorrows*, formada por marroquinos e netos de franceses radicados no Marrocos.

Epílogo

Era a última semana de aula.

Jr, Emma e Gil passavam as noites e tardes no salão de jogos da casa do pai de Gil. Desde outubro eles estocavam bebida no freezer do salão.

Era a última semana e no próximo ano todos teriam de estudar.

Godines abides.

Bruna

Três irmãzinhas

Os dois partem. Atravessam a rua e quase estão correndo. Estão rindo e não esperam pelos carros. Os carros combinam com as ruas e as ruas estão amareladas e cinzas e mortas. Pouca gente nas ruas. A cidade é morta. E tudo oscila entre tons de cinza e de amarelo.

Eu me lembro do suor frio e do sol queimando. E ela se lembra. A mulher molhada. Saída do banho.

Bruna se deita sobre o lençol e o cobertor, o quarto é pequeno. Ela gosta de deitar na cama desarrumada. Ela ajeita os cotovelos sobre a almofada, a perna direita sobre a esquerda, a ponta do pé toca a parede. Ficará lendo a manhã inteira. Ela gosta de ler e depois escreve no cardeno.

*

she pulls a razor from her boot and a thousand pigeons fall around her feet

– Tom Waits

Uma mulher de voz anasalada tinha os braços frios e grandes e disse – tire a roupa.

Bruna despiu-se. Enquanto era examinada ficou olhando para a roupas amontoadas no chão. A mulher se abaixou, examinava Bruna. Bruna reparou nas falhas de cabelo da mulher. Na testa feia, desagradável.

Entregaram a Bruna roupas feias. Eram novas. Bruna não queria vesti-las. Ficava melhor sem elas.

Bruna se enfiou no vestido azul com bolsos. Não era feio. Bolsos largos. Calçou os chinelos que a mulher oferecia. Eram chinelos de praia, com tiras atrás segurando o calcanhar.

Outra mulher conduziu Bruna pelo corredor. Quando foi deixada no cubículo, Bruna se livrou do vestido.

*

Era uma vez uma cidade grande, feia e bonita.

Numa rua apertada de muitos fios de poste, rua de calçadas quebradas, rua estreita, moravam três irmãzinhas.

Logo cedo, acordava uma das irmãs, a mais alegre, Renata. Renata dormia no quarto maior, com a gêmea, Helena. O quarto menor era de Bruna, que dormia na sala, em frente ao televisor.

As três irmãzinhas tomavam café juntas. Era uma festa, a primeira do dia. Depois iam trabalhar, ou estudar, ou andavam pela cidade até sentirem muita fome. Então comiam.

Depois paravam na loja de queijos e compravam um garrafão de vinho.

Procuravam uma praça com chafariz e se acomodavam e bebiam o vinho.

*

Helena morava sozinha agora. Ela escolhera a casa grande perto do centro velho. Ela usava um quarto por semana, dormindo todo dia em um canto. No fim do mês pagava uma faxineira para limpar toda a casa. Deixava todas as roupas na lavanderia e fazia as compras do mês.

"Descobri a maneira de não enlouquecer. Foda-se você, Renata, eu não sou você, eu não vou ficar louca."

Helena queria ter um corpo de homem. Era com certeza algum acidente ou uma brincadeira ter nascido sem um pau.

Na praça

A velha se aproxima e pergunta por que ela fazia aquilo. Por quê?

Bruna sente maldade nas perguntas da velha e tristeza em sua voz.

Ela mostra a lâmina manchada e aponta os gatinhos sobre os pombos. A velha olha para a lâmina, a velha diz que vai chamar o guarda.

– Se você chamar o guardinha eu corto a sua barriga.

A velha se afasta.

O servente da praça via Bruna chegar.

Ela desceu da bicicleta para atravessar a praça. Há uma lei contra ciclistas. E há outra lei contra pedestres, para não pisarem a grama.

Ela deita a bicicleta ao lado do chafariz desativado. Tira dois gatinhos do bolso do capote. Antes que puxe a faca, o servente a chama, ordena que não faça arte ou mal para as pombas, que são criaturas de Deus também.

O servente tem uma vassoura e há um policial na esquina do prédio em frente à praça.

Bruna solta os gatinhos e eles correm para os pombos no centro da praça.

Em revoada os pombos partem e os gatinhos correm atrás.

*

Meu pai aparecia para cuidar das roseiras. Mexia com terra como o pai dele. Vi algo sinistro nas plantas. Cresciam. Eu tinha nojo, pensava que se mexiam sozinhas, que desenvolveriam dentes e olhos maus. As batatas crescendo no escuro, sob a terra, tomando formas de monstros, conspirando. E as vagens e a jaca, que o resto da família adorava, podiam crescer a assumir nossas formas. Os vegetais eram sinistros. Os repolhos traziam bebês gordinhos, com cabeleira espessa e dentes, fileiras de dentes nos bebês do repolho.

27

Bruna amparou Renata, que sentia a pressão baixar e o mundo sumir.

– Por que você batia a cabeça na parede?

– Pra sentir alguma coisa.

– E por que parou?

– Pra parar de sentir dor.

Folhas mortas

O frio está chegando. Agora as folhas começam a cair, o céu fica cinzento. O chão do parque é um tapete de folhas mortas. Os carros escorregam pelo asfalto molhado e os passos são abafados pela garoa e pelas folhas. A garoa incessante caía sobre toda a cidade.

*

Marcos atravessou o corredor olhando pelas janelas. Acompanhava o tempo com interesse, sem conseguir pensar numa desculpa para correr ao pátio. O professor gesticulou para que ele se apressasse e, antes de entrar na sala, Marcos refez seu rosto e caminhou determinado até a carteira.

– Que cara de sono.

– O viadinho voltou do recreio.

Marcos sentou-se e encarou o professor e olhou para os amigos alunos. Balançou a cabeça para que o professor recomeçasse a aula.

Emma sentiu o chão frio e desistiu de sair da cama. Os olhos e a garganta doíam.

Bruna escrevia. O sobrinho viera duas vezes e voltou com um tapa. Vinha tentar puxar o cabelo da tia.

– Se eu te pego, você vai chorar.

Helena voltava do quarto e trouxe um cobertor para a irmã.

– Deixa ele em paz.

– Não defende o monstrinho.

– Mm.

*

Mara dormia. No sonho, procurava um terço e uma agulha dentro do carro. Marcos se molhava na chuva. A chuva ficou cada vez mais intensa. E Mara acordou com a estática do rádio-relógio. Mara abriu os olhos e se viu sozinha.

Mara segundo o advogado de Marcos sênior

Quando a vi, assim, pela primeira vez, eu me vi apaixonado, sabia que precisava vê-la nua antes de morrer. Ela é assim. E se casou com o homem errado. Eu vi várias vezes os pés dela, os seios, o ventre, o resto do corpo. Ela me deixava tocar sua nuca enquanto ronronava.

Ela casou de novo depois. E ficou rica. E, rica, podia usar roupas melhores e comer bem, e também usava jeans quando queria e ainda me encontrava para tomar café.

Ela manteve as costas atléticas, ganhou mais músculos com o tempo. Ela tinha o pescoço mais lindo e joelhos grossos, de meninona, que acabou passando para as filhas.

Não queria isso, queria ela pra mim, dentro de um baú, na minha estante, entre meus livros e outras mulheres. Não lembro se falhei, espero que sim, porque não lembro mais daquele dia.

Ela tinha desses pés bem feitos, que combinavam com qualquer sapato. Às vezes ela ficava descalça no meu apartamento, o dia inteiro. Como punição, ela devia andar de quatro na minha sala, para que os vizinhos tivessem nojo de mim. Ou inveja.

Também não permiti que ela deixasse o cabelo crescer. Ela ficou de tranças uma vez, quando as filhas gêmeas eram crianças, até me deu as fotos dessa época.

Há este trecho de um livro que li:

And when they came to Marah,
they could not drink of the waters of Marah,
for they were bitter: therefore the name of it was called Marah.

Mara. Com belos olhos que ficaram tristes no rosto das filhas e do filho. Amarga Mara. Ela com o cabelo grande, a franja cobria os olhos. Lia deitada na outra cama de molas. Olhava a janela, dizia que iria pular. Lembro também de levá-la ao pronto-socorro, numa tarde em que ela pulou. Era o apartamento velho do centro. Nasceu aí meu desejo por camisas-de-força. E o dela. Deve ter usado quando a internaram depois. Bem depois, quando já tinha uma filha de 12.

Vão dizer que sou misógino, mas preciso contar tudo e ela gostava mesmo de Dylan Thomas e e. e. cummings. Mulheres podem não se sentir bonitas. E beleza é luxúria. O gosto das tardes e do vento é como eu me lembro dela. A beleza lembra a morte.

A sabedoria dos pais e a receita dos beijos

– Não há nada que eu possa fazer, senhor e senhora. Minha filha não me obedece. Ela está tendo suas crises e eu acho que é da idade. Não há nada que eu possa fazer – respondeu e então deixou Victoria falar.

Victoria examinou os pais da menina que espancara. Depois baixou os olhos e começou a falar com sua voz monótona:

– Não há nada que eu possa fazer e ela não vai aceitar minhas desculpas.

– Você não precisa se desculpar, filha. – Os olhos dos pais se arregalaram. A mãe de Victoria pediu para a filha deixar a sala.

Victoria voltou quando os pais de sua colega de classe já haviam ido. A mãe fumava na poltrona, estava fumando. Ao lado, na mesinha, três copos, intocados.

Victoria sentou-se na beirada do sofá. Havia escolhido as botas pretas e a bermuda xadrez. A mãe usava um moletom cinzento.

– Você sabe que eu não sou uma puta – disse a mãe.

As duas olhavam para o televisor, sem se concentrar no som.

– É engraçado. Quando me contam que minha filha começou a chutar e espancar suas colegas de classe eu não sei o que fazer. Seria bom se você deixasse o futebol por essas férias, só um pouco. Lá na minha cômoda tem a caixa do meu pai. Seu avô ia gostar que fosse do seu irmão, mas é seu.

Quando houve um intervalo, Victoria levou o cinzeiro e os copos.

Entrou no quarto de sua mãe, onde era escuro e o ar não circulava. E perfumes e cremes, e acetona. Puxou a gaveta e retirou a caixa de madeira do avô.

Dentro havia fotos, medalhinhas, documentos, passaporte e notas. O tesouro de Victoria e do irmão.

Embaixo de tudo uma velha Luger.

Estava limpa, com óleo de máquina, com a colônia de sua mãe.

Pegou a caixa de balas e voltou para a sala.

Sua mãe a levou para trás da casa onde lhe mostrou algumas posições e como deveria carregar e disparar. Disse que seria melhor ela pegar a bicicleta, preparar um lanche e ir para o meio do mato ou para algum terreno afastado da cidade. Qualquer lugar onde pudesse atirar.

Uma bicicleta com uma cestinha cheia parou em frente à casa de Débora. Uma casa na esquina, com um velho e decadente muro que cercava o quintal enorme de mangueiras e galinhas. Débora apareceu lá fora com o macacão jeans manchado empurrando a bicicleta do irmão. O pneu da bike estava murcho.

– Oi. Você trouxe?

Victoria mostrou a mostrou a Luger e a guardou no bolso da jaqueta. Algum vento numa tarde fria.

– Todo mundo falou de você, sabia? Ninguém gostou do que você fez.

– Os pais dela foram em casa. Falaram com a minha mãe.

– É? E daí?

– Não sei, acho que ela gostou. De ver alguém lhe contando de seus filhos. Toda a mãe deve gostar. Vamos?

Duas bicicletas desceram as ruas e enfrentaram o vento e as folhas secas que ele ia levantando. No bairro onde moravam as árvores eram grandes e velhas e cobriam tudo. O sol fraco de julho mal alcançava as árvores, quase não chegava às ruas.

– Já tinha derrubado a Carol. Ela foi pro hospital, por que você fez isso?

– Adoro esse vento.

Logo as duas chegaram ao final da cidade. Pararam num campo onde as pessoas despejavam lixo. As casas formavam linhas e mais linhas que acompanhavam o caminho da linha de trem. Muitas nuvens corriam e havia enormes espaços vazios no céu.

Qual seria a cor do céu hoje?

– Se você não vai falar comigo, por que me chamou?

Débora era bonita hoje. Tudo era.

As duas bicicletas quase se tocavam. Victoria tocou seus lábios logo acima da bochecha de Débora. O rosto dela era quente.

– Por que, por que você fez isso? Endoidou?

Brava? Era preciso que ela fosse carregada por aquele campo. Era preciso que ela pudesse enxergar o que Victoria enxergava. Que a deixasse tocá-la.

– Você já me beijou antes.

– Mas meu beijo não era nada. O seu. Por que você me beijou desse jeito?

– Eu não sei. É o meu beijo.

– Não é um beijo normal. Eu até fiquei vermelha.

– Eu não beijo as pessoas. Não sei.

– Nunca beijou ninguém?

– Não.

Débora não sabia para onde olhar.

Victoria a encarou. Ameaçou um sorriso de olhos fechados.

– Por que você me beijou?

– Você estava bonita.

– Você nunca beijou ninguém.

Victoria correu até a cerca e arrumou as latas e pedaços de madeira. Descarregou a Luger. Depois foi a vez de Débora.

As duas haviam estendido a toalha e arrumado os sanduíches.

Victoria se deitou. Estendida na grama, apontara a arma para as nuvens. Débora, sentada, soltava círculos de fumaça da boca. Afastara-se o suficiente para a fumaça do cigarro não incomodar a amiga.

– E se ainda quiserem te pegar?

Victoria levantou a cabeça.

– E se a Carol ainda quiser te pegar depois?

Victoria sacudiu a arma e a guardou na jaqueta. Colocou os óculos escuros que ganhara da mãe. Podia fazer pose para Débora.

– Eu podia bater nela.

– E por que não bateu?

– A coisa era entre você e ela.

Victoria balançou a cabeça, fez cara de quem não entendia.

– Deixa eu ver a sua tatoo?

A menina desceu o zíper da jaqueta nova e levantou a manga da camiseta. Uma suástica no tom mais escuro que conseguira, menor que uma caixa de fósforos.

– Doeu?

– Quase não doeu.

– Eu ia fazer uma tulipa no tornozelo, lá na praia, mas fiquei sem dinheiro.

– Posso te beijar de novo?

– Você quer beijar a minha boca?

– Queria tentar.

Uma olhou a outra. Era hora de ir. Levantaram-se e começaram a arrumar as coisas.

Vico

A Renata

Alcançou as pombas na corrida,

A bota da moça
fez polpa vermelha da cabeça da ave.

Não soltou o pescoço da pomba.
puxou a lâmina da bota
cutucou os órgãos,
limpou o estilete no papel de guardanapo.

Remorso

Helena

Atrás de casa nós brincávamos, sem ninguém para encher o saco. Nomeávamos pedras, os buracos do muro, partes do corpo, animais.

Quando ninguém vigiava, brincávamos com a mangueira de aguar o jardim. A Bruna apanhou por brincar com a borracha. Eu tinha medo.

O irmão

Os dias são iguais na praia. Os dias são os mesmos de antes. Sem poder ler, sem apetite.

Marcos

Meus olhos doem. Eu sei que ele morou aqui, olhando para o céu. Nesta casa. Com esta mesa de fórmica. Mas eu estou longe de minha mãe e deveria voltar.

*

Há sopa na panela. Levaríamos o piano para cima, as camas grandes desceriam as escadarias, eu as deixaria no paredão mesmo, de frente para o mar. Como não chove, poderíamos dormir lá fora. É uma ideia.

Edifício Gemini, 1490.

Duas meninas atravessam a ponte. Uma delas carrega um envelope amarelo, rasgado.

Sozinhas ou em grupos as pessoas andam pelas ruas. É tarde, elas deixam os cinemas, os holofotes das torres projetam as sombras alongadas de homens e mulheres.

Servidão voluntária. As pessoas que desistem de si. Desistir de ser. O mundo é passar vontades, de qualquer forma.

Luciana

Luciana passou a manhã lendo. Atravessava a quinta novela quando se lembrou de comer. Arrastou-se pela sala até a mesa. Abriu a caixa de pizza, retirou um pedaço. Enquanto comia, fechava os olhos e escutava os ruídos. Um trem, tiros, sussurros. Os diálogos se misturavam. Metade era falado em inglês. Atirou a caixa vazia para a cozinha e voltou para a última página. Quando terminou a última linha, abraçou-se ao livro e rolou pelo tapete. Quente, mas estava frio, sentia-se bem sob as cobertas, estava há três dias ali. O sol aparecia entre as nuvens. O sol começava a clarear o dia. Parou de rolar, pôs a cabeça e o livro para fora do cobertor. Esticou o braço e equilibrou o livro na pilha da esquerda. Havia três pilhas de livros. Uma com os livros que queria ler. Duas com os livros que terminara, uma para os pocket books ingleses e outra para livros traduzidos. Com o dicionário de inglês sob a cabeça, começou a esticar as pernas e espreguiçou duas vezes. Os olhos se umedeciam ao bocejar.

Esfregou as mãos no tapete. Queria café, queria torradas e um pote de geleia. Do banheiro vinha a brisa de sabão em pó. O uísque, vinha do banheiro, não era dela. Não podia beber destilados mais. E alguém havia vomitado. Se as calcinhas estiverem secas, poderia sair.

Tirou as meias, coçou entre os dedos dos pés. Levantou-se. Os braços doíam, os braços e as pernas e a nuca. Havia uma mancha amarela na calcinha. A mesma calcinha de três dias atrás. No banheiro, recolheu as calcinhas secas. Vestiu a mais limpa.

Marcelo, colecionador

As duas meninas sentadas no sofá.

Marcelo serviu café e deixou biscoitos sobre a mesa. Ele bebia uma infusão de flores.

– Eu coleciono. Coleciono e catalogo.

As duas entortaram a cabeça e ele achou que conseguia a atenção delas.

– Criei um sistema perfeito para catalogar, é minha grande contribuição para o mundo. E isso tem alguma importância. Não importa. Eu coleciono coisas. Quando era da idade de vocês eu comecei com chaves. Os outros meninos tinham selos e moedas. Bobagem. E eu comecei tarde.

As duas deixaram as xícaras na mesa.

– Ah. Mais café?

Luciana se serviu. Depois encheu a xícara da amiga até a metade. O advogado voltou a falar:

– Como eu ia dizendo. Não, eu não falava disso. O que importa, de fato, são as coleções e o meu catálogo. E eu tenho arquivos de matéria orgânica. Não tenho o livro que vocês querem. A cartinha de vocês é simpática. Sabem que ela tem um número? Um dos melhores, se querem saber. Já disse que me interesso por garotinhas? Já devem saber. Os jornais vivem de contar essas coisas, não? Eu não leio jornal. Lindas garotinhas vocês. Adoráveis. E podem aparecer, qualquer hora. Eu tenho filhos também, adoráveis.

Quando as duas deixaram a casa e começaram a andar pelo jardim, elas voltaram a falar.

– Você vai?

– Se você for ficar...

– Claro que eu fico.

– Você sabe o que eu quero depois.

– Claro que eu sei.

Victoria se afastou, atravessou o portão de grade alta e se despediu de Luciana.

Luciana voltou pelo outro lado do jardim. O colecionador tinha uma casa bonita, com flores e árvores pequenas e grama.

Ela entra pela porta do estúdio e o homem já retirou a mesa do chá. Ele traz as roupas para a menina e indica o biombo.

À medida que o homem falava, as duas sorriam e logo pareciam à vontade. No final ele disse que não podia ajudá-las, mas sabia quem teria alguma informação sobre o livro. Ele preparou seu sorriso mais encantador e perguntou se elas beijavam. Victoria olhou para Luciana e as duas se beijaram, primeiro no rosto, depois na boca. Foi um abraço desajeitado.

O homem disse que ajudaria as duas. Ele tirou do casaco um cartão com o endereço do amigo aleijado.

– Se uma de vocês pudesse ficar. Eu gostaria de vestir uma de vocês, tenho roupas bonitas. Não faremos nada de errado.

As duas se olharam.

Luciana saiu de trás do biombo. Vestira uma túnica branca e sandálias de tiras compridas. O homem se aproximou e arrumou uma fita sobre a cabeça da menina.

– Agora você é um garoto romano. Delicado e bonito. Parece uma menina.

Eu me entrego a ela. E ela volta para mim.

O Jogo do Caio

Versão com cinco baralhos normais (de 52 cartas e dois curingas):

Cada jogador recebe 7 cartas

Objetivo: descartar todas as cartas da sua mão.

O jogador que descarta pode iniciar um novo trunfo.
1. Preto ganha.
2. Dez de copas colado na testa perde.
3. Curinga vale vermelho ou preto.
4. Dois quatro de copas ganha.
5. Ganha quem colocar o maior número de cartas no rosto.
6. Senha para receber cartas:

– Sobe ou desce?

– Anos Dourados do Balonismo.

*

– Por que você me diz essas coisas?

– Eu não posso confiar em você. Posso?

– Eu não queria ouvir isso. Não precisava... Precisava?

– Você.

– Eu.

– E eu te amo.

– Eu te amo. E te traí.

*

To every time there is a season, and a time to every purpose under the heaven:

A time to weep, and a time to laugh; a time to mourn, and a time to dance;

A time to love, and a time to hate; a time of war, and a time of peace

Ecclesiastes 3:1, 4, 8

In him was life; and the life was the light of men.

Manifestação

And the light shineth in darkness; and the darkness comprehended it not.

John 1:4-5

People are strange.

Strange, Doors

Minha solidão aumenta quando estou com as outras pessoas.

Você não percebe que não me importo "O que você faz com você, minha filha", você não cansa de me perguntar. Se não gosto do que sou, ainda gosto de mim, mais de mim do que você ou qualquer um.

Você, que se importa tão pouco, fica ofendida comigo. Eu não vou tomar seus remédios nem vou falar nada para o seu médico. Não me importa o que ele diz, em absoluto. Queria ser deixada em paz. Não serão vocês que resolverão a minha vida.

Você disse que eu precisava de um deus, um melhor. Ou mesmo qualquer um, você disse que devíamos nos agarrar a qualquer coisa. E embora não seja Jó, "I'm a brother to dragons, and a companion to owls. My skin is black upon me, and my bones are burned with heat."

O que eu sinto hoje você não entende. Não sou sua paciente nem de ninguém. "Eu não serei tratada, cuidada, rotulada".

Eu sou livre, por dentro. Não vou deixar ninguém mexer na minha cabeça.

Anna

*

"Percebi quem era quando descobri o que havia perdido." – a mãe de Anna.

Por muitos anos carreguei o ressentimento de minha mãe.

A mãe de Victoria

Tocou a cabeça úmida da criança. A menina dormia com as janelas fechadas e o quarto era escuro e abafado e na parede brilhava uma luz fraca amarela, de lâmpada de criança. Voltou para a cadeira. A mulher retirou os brincos. Respiração pesada da menina doente. Febre, vômito, xarope, supositório. Injeção.

A mulher apertou os braços da cadeira. Não se lembrava de nenhuma música. E pensou que seria ridículo cantar para a menina. Não conhecia mais a filha. Na cama molhada via um garotinho magro e espichado. Pequeno e feio. Não uma menininha meiga. A filha chorou quando a mãe colocou o supositório nela. E a mãe se sentiu bem.

A mãe achou que ainda gostava da filha. Tão frágil agora. Com a voz ainda de menino. No ar, as mãos da mãe digitam algum bilhete. Os dedos param e ela esquece o resto. Perdeu as palavras. Uma menina doente e assustada fingia dormir. Não queria que a mãe a visse daquele jeito. Envergonhada. Sabia que não ia mais conseguir se soltar da mãe.

A mãe tocou seu rosto. E era tão bom. Queria se mexer. Pelo menos a doença não fez a mãe começar a se importar com ela. Pelo menos isso. Se estivesse morrendo a mãe até iria chorar. A menina rezou para não morrer assim, antes da mãe. Rezou para si. Queria se recuperar logo. Queria que a mãe deixasse logo seu quarto. Queria chamar a mãe para perto. Para se deitar com ela. Se a chamasse, ela iria embora.

*

A mulher revirou a prateleira atrás de seus discos. Alguns muitos riscados. Foram conservados com cuidado. E vivia com dois adolescentes na casa. Alguns álbuns eram bem antigos.

Na janela aberta, no parapeito, Sal Paradise e sir Lawrence Olivier tomavam sol e vigiavam a mulher. Sal e sir Lawrence eram filhos cinzentos e peludos de Simone com G. B. Shaw, ou com outro gato malhado.

Não tinha dinheiro para comprar um toca-CD.

De boné e camiseta regata, roupa que usava em casa, a mulher se acomodou na poltrona com uma pilha de discos no colo. Lou, Velvet. Smiths. Pretenders. Led, Who. Pixies, que lhe haviam trazido de NY. Segurou o New York do Lou Reed e voltou com os outros para a prateleira. No armário pegou a caixa dos clássicos. Discos fora do lugar. A filha não recolocara o plástico do Beethoven. Andava ouvindo a "Heroica". Da caixa a mãe retirou Bach.

Tocou os gatos. Fechou a janela e voltou para a poltrona. Primeiro o chiado, a primeira faixa do New York. Logo se distraiu e voltou a pensar nos filhos. Pensou em voltar cedo do escritório amanhã. Voltar para cuidar da filha.

Quero dançar até as vacas voltarem do pasto

Quero dançar até as vacas voltarem do pasto

Estranho. É estranho como anda a moda.
Nós arrastamos uma perna, a moda arrasta as duas.
Caímos, a moda se joga.
A moda é uma ofensa abominável,
é um ríctus sarcástico, um jogo sexual, uma tabela, um desaforo baixo,
uma cesta de basquete, a bicicleta de minha avó,
um desodorante, um motorneiro, um mastodonte áfono,
a ataraxia, o corpus, o santo ofício do cateretê, um zurro,
o telefone preto sob o sol, a bola da quermesse,
um sapateiro de França, um duque, uns cobrões, uma benzedeira,
todas as acefalias, todas as boas coisas,
os seios da malícia, os brinquedos da paz,
muitos retornos felizes, a intumescência, os humilhados,
a revolta islâmica na Martinica, uma selenita, o rito sumário,
a volta das vacas, uma mão sobre a outra, os ossos do gato,

os pés de Carolina, uma valsa às 2h, um jóquei de Passo Fundo,

o jiló, Heitor Penteado, uma casa sem botão, uma casa sem olhos,

o céu, o céu, o céu,

o céu, o Jacaré, teu pai, um beijo no umbigo,

um vice-presidente odiado, um retorno à polivalência,

as promessas de março, a barba negra, o jogador bêbado,

o cadarço suspenso no fio, o fim da rua pela janela,

o sol vermelho, caminhões voltando, a quebra dos ossos, o Cairo,

ruim, chocha, Maxandro,

Curitiba na ressaca, Brotas na volta, a São João no refluxo,

até quando, um bode azul, o bode vermelho, o bode que dorme,

milhares de crianças, uma campanha, Péricles, perdição,

descarrilamento e tumores, filmes de vampiros, opção final,

o Boi no milharal, o jumento cristão, o colosso do Ceará,

a revolta da vacina, o intervalo encaixante, cinco marcianos,

uma senhora de Santana, a lista das tulipas,

mil campânulas sobre a torre, o concerto de verão,

os carros na serra,

roupas pretas, a estiagem nas mentes, o surdo no meio da praça,

o helicóptero e a cidade em chamas, o riso safado das crianças,

uma casa suspeita, uma alma revidando, o sopro no coração,

o Leste dos autores, a Ponte do Limão, os carros fúnebres,
a água no copo, o dia das mães, quinze Lojas maçônicas,
um elemento artesiano, o cu de K, a cartola no lupanar,
as meias abafando os gritos, o Miele, a Catifunda da Samotrácia,
Platão em Piracicaba, o longo oeste, o anel distante,
as mães do rádio, Saulo cavalgando com o deputado,
um prato recalcitrante, as escolhas de antanho,
a geada no cafezal, o henoteísmo sobre o parquê,
o saci sobre a Virgem nua, a hépax sintética, o chá discreto,
a redução pelos absurdos, a dispersão satírica,
a casa de tolerância com rejeitos nucleares,
o lamento dos cães, Saturno com receitas novas,
o lamento dos cães, o deus dos cães, a azaléa, o rododendro,
a serra despencando no mar.

A vida antes

É um perigo estar certo quando o governo está errado.

– I. F. Stone

As corporações são o monstro do futuro.

– Bubblegum Crisis Tóquio 2040

Defesa Caro-Kann

Sofro de xenofilia. Você também, vejo. Acordava no meio da noite sem entender nada.

*

J tinha esse sonho de convencer M a escrever o livro sobre os pecadores brasileiros. Um livro nacional, ela queria algo assim. E sobre o tema da vida de M, o pecado familiar. Não havia chuva intermitente, não havia neblina ou dias cinzentos suficientes no país. Mas M e J cresceram em um lugar onde as pessoas ouviam the Smiths. E Bauhaus. E Echo and the Bunnymen e Joy Division.

– Como você os vê?

– Não quero falar disso.

– Fale para mim.

– Você vai enfiar isso no seu livro.

– Não mesmo. Vai aparecer no seu.

– Eu não vou escrever mais.

Os dois ensaiaram variações do mesmo diálogo por toda a cidade. Variavam os temas.

– Esta é a cidade de um santo, não é?

– Não. No máximo, de um time de futebol. Repare como os ianques não conseguem pronunciar o til.

– Ah, o tom de ofensa.

Desciam o viaduto o casal e um homem barbudo conduzia uma mulher num jerico. A mulher tinha uma barriga de oito meses. J adiantou-se:

"Se você não vai falar eu começo sem você. Era uma vez o mundo e todo o resto. Houve um acidente nuclear em Berlim, o nosso mundo ficou sem anjos. Restou um, em Goiânia. Nada aconteceu à população berlinense, e os anjos se sacrificaram para salvar os trabalhadores do circo e os animais do zoológico. Que mais?, esta é a história do último anjo do senhor."

Não foi bem assim e você sabe disso.

"Perdeu a chance, nego. Para encurtar a história, o anjo acabou descobrindo que o salvamento de Berlim foi heroico na aparência. Os anjos preferiram se sacrificar a expor ao mundo que estavam doentes. Doentes como pombos. Para quem tem olhos que enxergam, havia falhas na penugem, havia manchas vermelhas pelo corpo de muitos anjos. E sabiam que cedo ou tarde todos seriam contaminados. Nenhum anjo renegaria outro anjo. O contágio era certo."

E, como os pombos, nojentos. E você sabe a causa da doença. Que besteira.

"Havia suposições. Muitos acreditaram que era o contato com o ser humano. Que o homem havia passado alguma doença aos anjos."

Fale também do que foi sussurrado, espertinha.

"Um boato dizia que era a punição do Deus por algum pecado dos anjos. Mas não há registro. Aliás, nenhum livro registra a vida dos anjos."

Há mais e você não quer falar. Que cada anjo é uma classe em si.

"O último anjo chegou a descobrir esta história que circulou entre os anjos que já viviam em Berlim. Que os homens ficavam mais e mais parecidos com Deus. E que isso era abominável aos olhos de todos."

Menos aos de Deus. Se você não pode contar a história inteira eu continuo. Feliz agora? Mas a história não continua com o último anjo. O casal deixou o viaduto para encontrar o clube na praça. O clube se reunia toda semana no centro da cidade. Alguém levava vinho. A discussão da semana passada terminara com a questão da alma humana. Como todo clube de pecadores, as questões metafísicas tomavam metade das discussões. Se o mundo e o homem espelham o criador, que tipo de monstruosidade Ele seria? Quem tinha casa foi para casa pensar numa resposta. O casal não tinha mais interesse nas respostas que o clube apresentaria. Na verdade, o casal agora se preocupava com

Queriam entender o que significava o profeta ser o último mensageiro de Deus. Mensageiro humano, pelo menos. De fato, o futuro dos anjos é incerto, não é? Ou você acredita mesmo na história de Berlim?

– De repente, Deus resolveu deixar de falar. Você compreende a metáfora de Punch e Judy, mas eu não sei falar de crueldade.

Os deuses universitários

Homo sum, humani nihil a me alienum puto.

– *Terêncio*

Vita brevis, ars longa, occasio praeceps, experientia fallax, iudicium difficile.

– *Hippocrates.*

Tenho uma grande arte, firo com dureza aqueles que me ferem.

– *Arquíloco de Paros.*

One day you see a strange little girl feeling blue.

– *Black, Burnel, Cornwell, Greenfield, Warmling.*

Vai haver um ritual rítmico.

– *Dr Emet Brown sobre o baile da escola.*

O homem sob o banco da praça

1 O que você pensa quando vê esses atos terroristas?

Essas coisas denunciam pessoas que perderam o respeito pela vida de outra pessoa. Perderam, portanto, respeito pela causa que defendem.

2 O que é não pertencer a sua época? O que é estar preso a seu tempo?

Imunidade à gravidade.

3 Rios, estradas, formas de amar: transporte.

Manchas, marcas, cicatrizes, todos os acidentes geográficos.

Não é pecado não gostar do mundo. É?

Parado no poste, você olha para a sarjeta, poças na rua, poças cheias de noite.

4 Vem de Hiroshima

Sem ruídos é sua passagem. E por muito tempo, mesmo em nossa família, ninguém a notou. A palavra paisagem descreve bem. Quando saímos para a rua e encaramos o edifício. Quando olhamos da janela do escritório. Quando eu era criança, achava que todo vento vinha da mesma pessoa, de Nossa Senhora, Maria. Maria é o nome do robô de Metrópolis. A área metropolitana é limitada hoje pelas redes de serviço. Como um câncer, a metrópole cresce mais que os vasos sanguíneos que a alimentam. E o que sustenta esses vasos, os outros tecidos, o músculo e o osso, não acompanham. Esgoto, luz, segurança, não há investimento que acompanhe o tumor.

Campos de morte. Minha cidade é fruto dos laboratórios na África e na Alemanha. Irradiada, cresceu. Donas de casa comparam preços e levam todo dia para suas casas minha cidade. Ela é maior e mais barata. Gosto residual. Gestos residuais e vazios, as donas de casa determinam a continuação do campo da morte, são a outra ponta dos planejadores. O complemento.

5 Estigmáticos. A preguiça pode ser o pecado mortal definitivo?

Toda afirmação é vaga

"Toda decisão é arbitrária."
"Toda verdade absoluta é desnecessária."
Ou a vida é Las Vegas ou não é.

*

"Eles me amam. Mas não sei falar com eles. Telefonam no pior momento do dia, respondo seco, desatento. Depois que desligam fico mal. Remorso, por todas as coisas que não disse. Meus pais, minhas irmãs, sou estúpido com as pessoas que mais se importam comigo."

– Você escreveu isso. Ainda pensa assim?

– Sim, filha, ainda penso assim. Nada mudou, não fiquei melhor.

Mara não ia deixar o avô escapar. Esperou ele voltar a encará-la:

– Você prefere mesmo escrever a fazer alguma coisa. Deixou sua família se afastar de você...

– Sim.

– Como aceitar isso? Você acha que se botar no papel, outra pessoa vai ler? Você quer ensinar os outros a não serem como o senhor?

– Não penso nisso. Mara.

– E o senhor quer "mais tempo"...

– Você leu o diário da sua mãe.

– É tudo verdade, não é?

– Você vai me odiar mais agora? Pelo menos você encontrou o livrinho. Devia estar muito feliz. Vai me odiar mais agora?

Mara ficou vermelha, sem voz.

– Você não entende? Eu não te odeio. Eu gosto muito de você, e eu quero entender. Como o senhor fez tudo errado. Como nem assim ficou feliz.

– Nunca tive chance de ser feliz.

– Hipócrita.

– Eu?

– Porque você podia ter feito os outros felizes, pelo menos isso.

– E onde entra nisso a minha vontade? E viver a minha vida, posso?

– Você não consegue ver?

– Consigo ver que você, filha, está apenas refletindo-se em mim. Você, cansada da sua vidinha, cansada de servir a todo mundo na sua casa, agora vem me cobrar. Eu não tenho nada a te dizer sobre isso, e não espero que nada do que você precise me dizer mude alguma coisa em mim. Fora isso, eu te amo.

– Eu não quero ser como você. Infeliz.

– Eu entendo.

– Eu não queria ter dito isso. Você sabe, não sabe?

– Você quer poupar seu velho avô.

A frase soava irônica. Mara ficou em silêncio, esperou que o avô recuperasse o fôlego.

– Menina, você não precisa de mim para ficar se machucando. Pelo que sei de você, é o que você tem feito, e sozinha, e muito bem. Por que você não volta para cuidar dos seus irmãozinhos? Lá vai ter alguém para pedir coisas e fazer chantagens com você. Eu continuo precisando muito mais de você do que você precisa deles, espero. Eu fico triste sabendo que você não gosta de si. Mas não é nada que eu possa fazer, é?

– Eu queria

– Eu sei o que você queria. E você também conseguiu achar o livrinho perdido. Muito obrigado.

– Eu sou sua filha, não sou?

– Do padeiro é que você não é. Por isso você é perfeita, e bonita.

– Eu sou suja. Imunda. Vocês fizeram isso comigo.

– Sim. Fizemos você. E não sou pai daquele aborto que é a sua irmã mais velha e retardada. Você acha que o Gabriel não sabe que você é minha filha? A questão é, ele não queria que você se machucasse ou ele tinha e tem vergonha de você?

– Eu tenho vergonha de mim.

– Mas o Gabriel

– Vergonha. Vergonha.

– Seu irmão também sabe que você cuida dele, que você olha pra ele. Você nunca desconfiou que ele ligasse seu "amor secreto" a sua condição? Nunca imaginou que ele tomasse você por uma anormal?

– E eu não aguentaria isso dele.

– Ofereço a chance de não voltar mais lá. Não sou jovem nem bonito como seu irmão. Você sabe, tenho gostos especiais. E manias. E não tenho muito dinheiro. Posso esperar isso de você, não? Que minha franqueza não ofenda? Sangue não molda caráter, mas você tem o gênio da sua mãe. Eu não preciso ser fresco e educado como o meu amigo, o advogado. E se ele nunca tiver o dinheiro, pode chegar à minha idade. É degradante ser velho, e eu não quero perder tempo sendo delicado.

24598

E todos nos tornamos um e tudo se dissolve, formando a névoa sobre a cidade.

Estão na cama há mais de 24 horas. Tinha fome. Luciana não abre os olhos.

02698

A coleira do cachorro que eu deveria ter colocado em você foi colocada em mim. Eu esperei muito para te ver a meus pés, agora eu estou nessa posição.

06698

Todos os dias Anna era vista sentada no banco da padaria. O banco

*

Mara, Bruna e Marcos se encontravam a cada quinzena. Mara não cozinhava, ela comprava comida. Entradas, saladas, consomês, antipasto, grelhados, assados, massas eram servidas em potes pequenos sobre a mesa da sala de jantar. Talheres pequenos, hashis e pratos do tamanho de pires ficavam na ponta da mesa. Na outra ponta, os copos, as taças e a bebida.

Rechauds mantinham a comida quente.

Bruna exigia rosbife, vermelho e úmido. Marcos pedia abacaxi, maçã e laranja. Depois de comer carne, ele separava os gomos de uma laranja e os mastigava.

Mara gostava de queijos e pães. Se tivesse um bom patê, dispensava o vinho pelo gim e tônica para acompanhar os canapés.

Às vezes deixavam a mesa para assistir a algum filme ou porque Mara apresentava seus desenhos e as fotografias novas. Quando Bruna aparecia para o encontro, Mara e Jr não dormiam juntos, mas os três se abraçavam e se tocavam com intimidade.

Viola e Leni (Nicolas Restiff de LaBretonne)

Minha mãe saiu para devolver o filme. Agora eu vou poder ver outros filmes além da Sessão da Tarde. O primeiro filme que vi se chama Casanova e a Revolução. É bom.

Foi meu professor de história que emprestou. Mas ele vai passar para a classe ano que vem. Ele disse que eu deveria ir atrás de Restiff de LaBretonne, que se pronuncia Restiff, como Descartes. Ele é o fodão do filme para mim. É o herói do meu professor, eu acho.

Não leio mais livros, mas abriria exceções. Restiff escreveu sobre a revolução.

Um dos amigos de minha mãe me prometeu o Mein Kampf. Disse que é chato. E está certo. Uma vez eu comecei a ler e dormi. Minha mãe tinha, mas emprestou e perdeu.

Acho que eu tenho uma amiga.

Minha vida é pobre e alienada.

Gosto de ficar em meu quarto porque posso me sentar e deitar onde quiser. Posso trazer comida pra cá pois minha mãe não se importa muito com a bagunça.

Meu quarto é pequeno, tem uma cama, o guarda-roupa e a escrivaninha que era do meu pai. Há um criado-mudo todo manchado das coisas que eu tirava do nariz. O criado é onde fica o meu rádio relógio. Há o tapete onde estou e a lata de lixo.

Embaixo de minha cama há duas caixas de livros e fitas de música e muita poeira. Colei cartazes nas paredes mas não tenho adesivos nos vidros da janela.

Nas paredes, embaixo, há marcas de pés e tênis e rabiscos, todos meus.

Tenho restos de fandangos sobre a minha cama, papéis de bala por todo o lado. Minha meias e calcinhas estão emboladas em cima da minha escrivaninha. Acho que derramei leite ou refrigerante perto da porta.

Posso comer muito que não vou engordar. Magreza de que não gosto. Pareço frágil.

Tenho um pôster do Viola e outro de uma foto de um discurso do Adolf Hitler. As duas imagens são lindas.

Colei uma foto de Leni Riefensthal na parede também, logo em cima da escrivaninha. Era uma diretora inteligente e bonita.

Se eu fosse uma mulher de verdade seria como ela. Se eu fosse alguém. Se eu fosse alguém, eu seria outra pessoa.

Tenho outra foto onde está atrás de uma câmera, fazendo pose e sorrindo. Ela deve estar bem velha hoje. E feia, eu acho.

Um dia Viola também vai parar de jogar.

Como muita porcaria. Hitler não comia carne, dizem.

Acho que nunca tive uma amiga antes. Ela não precisa me entender. Nem me conhecer. Ela me distrai. Minha amiga me prometeu um desenho e eu não tenho nada para dar para ela.

Todas as outras pessoas parecem contentes de terem seus amigos. Por que eu não sou como eles?

As outras pessoas não têm ídolos, nem heróis de verdade, entretanto, têm pessoas que elas admiram e respeitam. Elas falam dessas pessoas, mas sem a reverência que merecem. Quando a televisão para de falar desses heróis as pessoas encontram outros que a própria televisão inventa, mas que não duram muito tempo e não significam nada.

Eu sei que o meu professor acredita nisso. Ele acredita porque é óbvio. Ele acha que é crítico. Todo mundo que tem opinião fala mal da televisão. A televisão é a melhor coisa que existe. Depois do chocolate e do sorvete.

Minha amiga fala de desenhistas, de gibis e desenhos animados. Eu tento respeitar seus heróis porque eles parecem sinceros.

Será que ela pode ver e entender a minha árvore na itália?

Restiff era uma pessoa inteligente o suficiente para entender. Minha mãe tem um livro dele, pornográfico. Há tão poucas pessoas assim hoje. Todos parecem que se contentam.

Conheci o herói do meu professor de história e agora ele é parte de mim.

Ter amigos é ter dúvidas. Tenho uma amiga e mais uma figura para admirar. Por que não estou alegre como os outros?

Seele, lugar para a alma

20 x 70 = 1400 2800 x 3 = 8400

Seele, lugar para a alma

Neon Genesis Evangelion

Ela prefere carne vermelha

Ela prefere carne vermelha mal-passada e alface americana. Também se empanturra de queijos e torradas e vinho alemão barato. Mais velha, dependeria do irmão para um chianti e para vinhos melhores.

Seu maior feito conheceram as pessoas que a amavam. As irmãs e o meio-irmão, algum namorado e quem a viu pelas ruas comendo maçã. Ela sabia comer maçã. Ela podia andar de tênis ou de sapatos de bruxa e às vezes calçava os tamancos que o irmão achava obsceno, mas usava algum casaco largo e escuro e tirava a maçã do bolso esquerdo. Maçãs pequenas, grandes, até verdes. E conseguia usar o abridor de lata com a mão direita.

*

Podia usar por muitos dias a mesma camiseta branca, que preferia ao sutiã. E os seios eram menores que os da mãe. A irmã e o irmão gostavam muito de quando ela ficava dias com a mesma peça de roupa. As irmãs podiam cuidar de seu cabelo. E às vezes deixava que Renata pintasse suas unhas. E a mandavam tomar banho todos os dias, mesmo sendo a mais velha.

*

Deixaram o restaurante sob uma garoa gelada. Logo os lábios dele voltaram à pele. Ela descobriu a nuca para o irmão e ele concordou em não abrir o guarda-chuva.

*

As irmãs começaram a colecionar bisturis quando Bruna tinha 12 anos. Ela decidiu que ia ser médica. Precisava de bisturis para praticar a cirurgia.

Conseguiram lâminas curvas, afiadas, estiletes, facas. E o primeiro bisturi. Depois outro, e outro.

Tinham já oito conjuntos, um mais bonito que o outro.

*

Marcos sênior ficava imóvel sobre o banco-altar de mármore. O banco tem uma inclinação leve para que se veja melhor os títulos na estante da biblioteca sem precisar levantar a cabeça. Pensava na curra da mulher na frente de todos os seus livros.

Mara espanava uma seleção de clássicos Jackson que o marido não desfez. Tinha o vestido pronto no cabide, preso à estante. Marcos acenou. Ela tinha as meias e os saltos, mas ainda usava o top e a saia que vestira à tarde.

*

Meus olhos com lágrimas e elas escorrem pelo rosto. Nossos rostos ficam úmidos. Você adormece enquanto se seca, no meu colo.

Primeiro colegial

Débora reparou no espelho que a emagrecia mais. E reparou, no espelho, que emagrecia mais. Ficou de lado, acompanhando o contorno do ventre murcho, com o umbigo saltado.

Há semanas tentava se livrar da obsessão. A ideia fixa de que descobrissem que pensava em excremento e era obrigada a comer as próprias fezes. Teve de aparecer de óculos escuros na escola. Com certeza alguém reparou que olhava para a bunda dos meninos e das meninas. Reparavam? Alguém prestou atenção alguma vez nela? Não. Mas era excitante.

Danos morais

Este meu livro de autoajuda, este aqui, que corrói o senso de solidariedade e destila o pragmatismo. O ônus desumano sobre o indivíduo. A felicidade é artigo pessoal. A sociedade e as instituições ficam livres de críticas e desobrigadas de responsabilidade e da moral.

Mara catalogou 15 conjuntos de negativos das filhas. Bruna discutiu cada foto com a mãe. Porque seria vista criança e nua, adulta e nua. Com as pernas abertas, em preto e branco. Com as costas arranhadas, o cabelo desfeito. Os seios pequenos como os da mãe. As fotos vêm em caixas bonitas, caríssima produção, *so rich and green. Beautiful girl.* Neste livro, de autoajuda. E fotos.

Fé

Victoria colocou os dois pés da cadeira sobre a terra. Pisava os trilhos com sofreguidão.

Santa Fé do Sul.

Segundo descarrilamento

– Você esperava algo tão especial quanto eu?

Como resposta, Mara acariciou a cabeça do filho e beijou-lhe a testa com todo o amor.

*

1

Ela atravessou o recreio com o olhar. Balançava os braços mas desejava. E a boca sorria, os olhos desejavam. Seu rosto atravessou os anos assim, da quarta série ao fim do colegial. Bastava ficar nua.

2

E se queres uma moral para a história, bata uma bela punheta.

3

Bruna tinha duas irmãs, eram gêmeas, Helena e Renata. A mãe de Bruna era fotógrafa.

4

Os olhos se abrem. Seus pés me tocam. Eu acompanho.

4

Ela deixa o irmão apertá-la até a parede. Ela abre as pernas. Ele abre as pernas dela, a perna esquerda enlaça as pernas dele. O pau dele entra na boceta dela, uma, duas, três vezes. Os dois vão para o chão. Ela ganha a marca no ombro. Ele é obrigado a mordê-la para que ela não se mexa demais.

6

Bruna deixa a saia. Os pelos voltam a crescer.

2

– O que você quer?

– Eu quero.

8

Bruna odeia.

4

Marcos está se admirando. Seus dedos passeiam pelo ombro da irmã. Ele gosta dos sapatos novos e aprova o corte de cabelo. Sua irmã ficaria ainda mais bonita perto dele. A beleza que contagia. Bruna devora champignons. Contrariada pelo irmão ela baixa a cabeça, levantando os olhos para fulminá-lo e se entregar. Mais velha e mais forte, o irmão a diverte.

10

O carro esperava Marcos na saída do colégio.

11

Helena e Renata são conduzidas até a sala do irmão.

12

Fácil acusar alguém.

Haviam armado mais uma vez para Victoria.

13

Agora era sério. O professor perguntou. Os olhos do Victoria não concordavam com ela.

18

E se queres uma moral para nossa história

No futuro tudo está certo

1 O capítulo da luta

Na lembrança do filho, estão os dois no quarto, exaustos. Pai e filho lutavam, brigavam pela mesma mulher. Ou por uma que o pai conheceu antes e por aquela que ambos conhecem. Londres, Paris, Kingstown.

Era assim que podia se lembrar. Tinha diante de si a página impressa, a lembrança já presa à história escrita. E a história podia ser refeita. Imprimia as outras páginas.

– A mulher o interrompeu.

Como?

A mulher o interrompeu e estendeu as folhas impressas que haviam escorregado.

– E estendeu as folhas impressas que haviam escorregado.

A mulher também o beijou.

– Você sempre esteve aí?

– Eu vim lá de baixo. E ele não havia ligado para o advogado.

Ele havia telefonado para o advogado. E também para o agente. E ia escrever uma carta pública quando descobriu que terminava o novo livro.

O homem segurou os papéis e balançou a cabeça.

– Ele não parecia seu pai. E o que o advogado disse?
– Mas é meu pai.
A mulher apontou a caneca de porcelana ao lado do teclado. Havia café quente e o homem bebeu.
– Ele disse que vai ficar pior.
– Mas vão fazer alguma coisa contra você?
– É meu terceiro livro.
– Vão fazer então.
– Vou vender horrores.
– Seu pai vai gostar.
– Ele vai.

2 *O capítulo da amizade*

Saíram direto para o café. O escritor e a mulher corriam sob a garoa fria.

O escritor cumprimentou o irmão da mulher e a mulher sentou entre os dois. O homem obrigava o escritor a beber café com ele, a mulher podia beber da mesma xícara.

O homem usava óculos mesmo sob o céu nublado, óculos escuros, com um protetor que escondia os olhos. Também era médico e havia feito uma aposta com a irmã.

O escritor não conseguia ensaiar uma desculpa. O escritor conseguia sentir o café e sorrir para os dois irmãos. Juntos, a semelhança e as diferenças eram muitas. Podia sorrir para os dois irmãos que amava em segredo.

A mulher tirou os óculos do irmão para brincar com eles. Marcos Jr piscou até se acostumar com a luz. E comentou o tempo e os três olharam para a mesa e para o café e viam as sombras difusas das árvores.

O escritor queria falar com Marcos agora.

– Você não vai me pedir desculpas? – cortou Marcos.

– Estou tentando. Você quer? – respondeu Ricardo.

– Na verdade eu quero meu dinheiro.

– Vai dizer "eu te disse".

– Eu te disse. Mas não importa. Você escreveu, não escreveu?

– Você deixou.

– Deixei?

– Você podia impedir.

– Como eu ia saber que você ia escrever a minha vida?

– Não é a sua vida.

– Achei que fosse.

Renata mostrou a língua para o escritor.

Do Vaticano, o Papa levantou o dedo para o escritor.

– É uma história que você me contou.

– Então o que te incomoda? – Renata defendia o irmão.

– Eu não sei.

– Eles vão te processar? – Renata adorava processos.

– Eu não vou falar que é verdade, se é isso que você quer saber. Ninguém vai ficar exposto. Mas também não precisa acreditar.

Os dois irmãos se olharam. Renata quis esmurrar o namorado, deduzia que Marcos se chateava com ele. Renata odiava o escritor. O escritor entediava seu irmão, o melhor irmão.

– Eu não pensei que fosse tão difícil. Eu achava que você ia brigar. Me bater.

Marcos beijou as mãos da irmã e a puxou para o colo dele.

3 *O capítulo do incesto revelado aos de fora*

A família se reunia no sobrado, na antiga casa do pai de Marcos. Podiam ficar ali dias sem quase se falar e almoçavam juntos no domingo.

– Eu lembro de quando a irmã Agnes mandou uma carta para mim, no meio da viagem das meninas. Ela veio conversar comigo depois.

Carla e Bia, as sobrinhas de Marcos, dormiam abraçadas na mesma cama. No livro, elas eram filhas dele, e além de se abraçarem uma se fazia de mãe da outra ou de ama de leite, revezando os papéis.

– Eu não sei o que vai acontecer.

– O de sempre, Marcos. Primeiro pegam ele, depois pegam a gente.

Bruna trazia os pães e os queijos. Atrás, as gêmeas traziam frios e patês. Helena esquentava leite e fazia café.

– Demoramos?

– Oi.

– Oi.

Os irmãos comeram.

– Bom como o fígado dele.

– Renata, Renata.

– Fígado de quem?

– Mãe? Fígado de quem?

– De um imbecil que me ama – respondeu Renata.

As gêmeas menores correram para o quarto de Helena, para o Playstation 2. Os quatro irmãos abriram uma garrafa de vinho, mas as gêmeas maiores beberam.

– Quem contou pra ele?

– Ele escreveu que é um ritual. Que a mãe começou tudo.
– Há coisas que ele não escreveu.
– Eu me sinto exposta – Bruna.
– E minhas filhas?

4 O capítulo do novo livro

O capitão Tral tinha 33 anos quando sentou à frente de uma máquina de escrever.

Se, e eu quero dizer isso agora, como sugeriu o professor Niel quando explodiu na sala de aula contra seus superiores imediatos, Tral fosse um daqueles professores que tomam sherry e seguram os bagos de seus alunos, nada seria levantado contra ele. Se.

Uma tempestade varria milhas e milhas da costa, mas viria a chuva fina para o capitão.

5 O capítulo das escolhas

– Você me diz o que eles vão fazer.
– O que nós vamos fazer.
– Me diz se é tudo verdade.
– É.
– E vocês não têm vergonha?
– Você tem?
– É diferente. É o que eu faço.
– E nós?
– Eu não penso nisso.
– Claro.

– Não me deixe pior, Rê. Eu não penso. Não me importa. Nem. Mas o que você achou?

– Do que eu li? Eu não sei, não é melhor que eu.

– Eu sei. Não é terrível?

– Eu não vou te deixar, sabia? Mesmo escrevendo melhor que você.

– Não. Por quê, Renata?

– Porque eu gosto de você.

– É isso?

– Não. Se algo acontecer, processamos você. E tem mais. Claro que tem. Mas eu queria te contar outra coisa, eu dei pro seu pai.

O livro dele começava assim:

"São pessoas muito egoístas. Incapazes de amar além deles mesmos, eles se entregaram ao incesto. Escolhiam pessoas, viviam algum tempo com elas, mas voltavam para a família."

A incapacidade de amar.

Você sofre disso?

O que há de errado com você?

O que você sente?

Ele queria ter começado assim:

"Somos pessoas muito egoístas. Incapazes de amar, nos entregamos ao incesto."

Minha irmã me esperava lá fora. Ela gostava do frio, ela gosta do frio e se recusa a entrar.

Estou parado.

Minhas costas.

Meus olhos.

Cincos atos de Marcos, um de Gil, outro de Victoria

O reino do amanhã

Você vai comer tudo com café? Vai sentar, como o homem morcego se sentava, no canto do restaurante, sorrindo e vigiando as pessoas, quem entra e quem sai, quem vai ao banheiro. E vai pedir um grande filé vermelho e xícaras de café. Muitas xícaras de café. Ele sorria para as garçonetes, era cínico. Você vai fazer isso também? Por que não pega seu café e enfia?

A mulher ao seu lado, você teve consciência?, foi essa a palavra que sua mãe viu na revista?, você já aceitou que ela é a cara da filha do Kinski? E ela também bebe café como você. E é sua irmã, não é? Já reparei como você olha para ela. E ela olha para você, não? A jovem Kinski. A cara da sua mãe. Vai fazer com ela o que fez com sua mãe?

Você bebe café no colo da própria mãe?

Marcos fechou o cardápio e encarou Gil por dois segundos, incapaz de ouvir os pensamentos do amigo. Balançou a cabeça e olhou para a garçonete.

– Vai comer também ou veio para esculhambar?

Gil levantou as duas sobrancelhas. Reservava o gesto para os melhores. Seu amigo Kinch.

Bruna comprimiu os ombros e deixou os lábios formarem um O.

– Eu vou querer o creme de aspargos e um café, um expresso puro.

– O filé com champignons. E uma porção de creme de milho. E um café para mim também. Também puro.

– Eu? Vou ficar olhando os dois, com o mesmo espanto seu. São irmãos. Eu sou amigo deles. E quero um café puro.

Não temem que ela vá chamar o gerente? Eu chamaria. E esse bico, Bruna? Por que me deixar de pau duro?

O que fizemos ontem à noite, minha mãe perguntou. O que fazemos todas as noites.

*

Ninguém falava, a irmã procurava música no rádio. O carro da irmã recendia a chocolate, solvente e gato. Marcos continuou de olhos fechados. As palavras de Gil eram doces. Além do chocolate, por seu hálito, amêndoas. Seu rosto podia se iluminar no meio de uma frase, descobria um sabor novo em cada palavra. Seu corpo também era perverso. Cabeludo, Gil trabalhava em uma tradução para o jornal do colégio. O senhor grêmio.

A sede do jornal tinha sua foto enorme na parede, sobra da campanha fracassada. Diziam que o fracasso era ter sido eleito. Sob a foto de si mesmo sorridente, Gil lia. O hábito era manter a escrivaninha limpa. Quando se lembrava batia as cinzas e voltava o charuto à boca. Marcos jogou Capanga sobre a escrivaninha e quase matou Gil de susto. Capanga, filho de Kaputnik com emma emma cummings, olhou Gil com desprezo, e deslizou para o colo dele e correu para o chão.

– Traidor – Gil sussurrou para o siamês que deixou a sala.

Gil não olhou para Marcos. Marcos esperava que todos se encantassem com ele. Gil estava cabeludo. Arranhões na base do pescoço. As lendas falavam de uma vampira com o dobro da idade dele. Gil voltara cabeludo. Ressurgia como se nunca tivesse se ausentado da escrivaninha. Marcos andou pela sala. Trocou um livro por outro da estante, outro do mesmo autor. Havia uma tatuagem no braço de Luciana. Liubliu. O autor dos dois livros amaria alguém sem paixão?

Marcos podia saber agora, muitas horas depois do encontro no colégio, que podia ter pedido qualquer coisa para o amigo. Gil gostava de repetir para si mesmo: "Eu sou o crucificado". Seus lábios se moviam. Gil pensa se é possível viver sem grosseria. Grocery? Aqui os dois sentiram o mesmo aroma de bala quente de coco sendo dobrada. As serventes da cozinha voltavam do almoço para fazer os doces da festa. Pastry? Cuneiforme. "As pessoas são tão cuneiformes." Confeito. Faria tudo para evitar a grosseria. Tudo? Pastelaria. Gil olhou pela primeira vez para Marcos, o garoto de preto, com pensamentos negativos. Amava o garoto de pensamentos negativos. Seria Marcos capaz de tudo? Sem telepatia, Marcos não respondeu.

Agora que o carro contornava o rancho, Marcos se descobria incapaz de tudo. Gil, Luciana e Bruna espreguiçavam e se tornavam o amor aos seus olhos. Marcelo usava o rancho de uma amiga. Era isso, o advogado comedor de carolinas e Gil tinham a mesma luta pelos bons momentos. O momento mágico e delicado, coisa de fresco. Um momento raro. Gil fazia círculos de fumaça vinte horas atrás. Marcelo acariciava as flores que recortava do jardim da amiga. Ele reunia garotas que gostavam de garotas. E meninas que gostavam de mulheres. Advocacia era um grande negócio.

1. *Marcos na torre*

Marcos visitou a torre nos sonhos. Esperava a mãe para descerem a serra. A janela do quarto lembrava a da torre? O céu cinzento parecia descer, o olhar fixo no horizonte o fez pensar que levitava, ele e o quarto subiam. Seus olhos cercaram a gata mãe que atravessava o quintal. Ela levantou a cabeça e encarou o céu. Ela o encarou também.

No sonho, pensou, circundava a escola antiga, sem ter mais nenhum vínculo, nada o prendia. Como agora. A escola distante. Havia uma foto dele, sozinho, no painel, seus olhos acompanhavam o fotógrafo, sua mãe. E uma outra foto em que ele era beijado. Percebia os olhos que olhavam para fora da cena, sorrindo, pensavam no pai? Era uma das fotos tiradas pelo pai, logo depois da primeira. A escola permanecia ao fundo, a escola o cercava. Não.

A gata atravessou o quintal livre dos filhotes.

A mãe o abraçara. Ela desalinhava com cuidado a camisa dele. A mãe e a escola ao fundo. Não.

2. *A origem das espécies*

A circunavegação do baleeiro Pequod durou dois anos. Nesse tempo, Marcos esteve na Abissínia. Chovia, chovia todos os dias. Marcos se lembrava da Abissínia. De repente todos iam e vinham, ninguém tinha mais tempo para ele. Abissínia, a ironia veio de Bruna.

O grande pássaro cósmico. O grande pássaro cósmico se debruçou sobre o colchão e fixou um ponto na Terra. Abriu as pernas como um compasso, as mãos cruzadas sobre o peito, cada uma segurando um seio. O compasso se abriu e ronronou. A viagem chegava ao fim agora. A mãe parava em casa. As gêmeas apareciam. Gil e Emma também davam as caras. As mãos de Marcos demarcaram as pernas do compasso, as mãos se detinham no estreito, no vértice. Um bloco de notas se soltava da escrivaninha, onde passara as noites expatriado. Ventava. Havia ressaca em si mesmo, ressaca por todos os quartos. Ressaca ao amanhecer e ressaca ao anoitecer. Marcos fechou os olhos. Marcos soprou entre as nádegas da irmã. A irmã apertava os seios, enterrava o rosto na cama. As notas indicavam um tesouro, assim podiam pensar.

A Terra era arredondada, um pouco chata. Um tesouro rilhava os dentes enquanto era devassado. A descoberta fazia barulho de gato. As portas se abriam para o desbravador. Muitos anos num futuro, Marcos percorria a fila de doentes com os olhos, os olhos clínicos antes de começar o turno, o doutor seria profissional, mas, agora, era alguém que voltava. A irmã também voltava de longe. E o abraçou, sinal de que a sorte sorriria até ali, sinal para não avançar mais.

3. *Marcos na Abissínia*

Os olhos entristecidos fugiam pela escada de incêndio. Marcos contornou a fonte. As mãos eram rápidas, traçaram no ar as palavras de que ele precisava. Uma única palavra diante dele. A palavra o abraçou de volta, com um beijo grande cheio de lágrimas. A palavra que manca. Os sapatos novos ressoavam. Iam devagar para que a menina não mancasse muito. O incêndio deixou marcas. E as marcas viraram Hist. Os olhos voltavam, ou pelo menos viravam-se de vez em quando lá da escada. A menina assoprou os olhos. As palavras da menina ficavam presas. Saíam quando a própria menina não olhava para ele. Eram as palavras terríveis, terremoto. Tremiam a mulher, devastavam onde caminhava. Ele deixou as sandálias de boneca no banco de trás. Seus olhos olhavam os dois em silêncio. Respeito pelos mortos, a frase passou por Marcos quando lembrou de seus olhos. Colocou os óculos para ficar mais comportado. As lentes se embaçavam com os lábios da mulher. Letícia assoprava ali também, onde era amor.

4. *Ou aquele tempo na escola*

O que havia de especial deixou marcas. O fogo caminhava lento naqueles dias. Havia uma menina que se chamava Victoria. Victoria entropia. Às vezes, Victoria andava de trás para frente, o que Marcos admirava mais que tudo. Não trocaram beijos, e os olhares eram de amigos, sócios. Tinham uma empresa. O fogo consumiria a verdade. As mãos de Victoria eram brancas, lembravam as de Bruna. Marcos apertou-as uma vez, para ter certeza. Victoria e Luciana traziam marcas também. Como suas irmãs, as meninas gostavam de se cortar. Cortavam-se como Letícia. Letícia tinha o nome mais bonito e caminhava lento naqueles dias. As pernas magras de alguém que não pode correr mais. Marcos a fodia quando pensava em nunca mais. Nunca mais. O frio voltava.

5. *Biomecânica*

A estação nova resumiu as esperanças.

A brevidade do relato encantou o mundo civilizado. Novos navegantes seriam lançados ao mar. O fim do diário registrava isto, que uma guerra ocorria do outro lado do mundo. Um conflito qualquer, a luta por terra.

Marcos se preparava estudando mais. Tinha na memória das mãos, nádegas. Deitava-se com o cabelo curto de Letícia em seu peito.

O suor da irmã refez sua mãe na cabeça. A mãe lhe voltou também uma noite. Refluxo.

As águas escoavam. Por um tempo o sol se escondeu, a mãe trouxe vestidos novos, roupas novas para exibir ao lado do filho único. A mãe artista.

Mara se deixou arrastar pela vontade do filho. Os traços do pai morto no rosto do filho. O pai morto como o caçador. A mãe branca como uma baleia magra. O fogo como o destino de todos os diários.

As mãos de Marcos dirigiam com gosto para a menina. Ela via a cidade tomada de carros, o descuido das pessoas, roçava as cicatrizes com orgulho, ficava molhadinha.

6. *Excesso de game*

Era fatal que Gil prezasse os odores deitado no divã do quarto aberto. Deitava-se após o jantar. Gil se permitia chorar por dor física ou para conseguir algo de alguém, agora era o momento de quebrar a regra. Tinha a mãe do amigo na lembrança. E Mara devia ter feito de propósito. Podia se lembrar do rosto perfeito da mulher, no vestido perfeito do batizado, com as luvas e a máquina fotográfica. Acompanhava as dobras do vestido, a mulher endireitava a roupa do filho e abraçou Marcos, como se lhe experimentasse o perfume. O nariz da mulher percorrendo o ombro do filho era sinal para Gil. Agora lembrava-se disso. Lembrava de jantares e encontros no shopping center. Mara variava entre dois ou três perfumes. Mara usava um creme caro que ficava na ponta dos dedos por mais que lavasse as mãos e nos braços. O perfume era discreto. As lágrimas vieram depois dos soluços. Gil gostava de soluçar. Deixava o corpo cair com graça, como se deixasse todo o peso no choro. O divã substituía amizades mudas, às vezes bastava não falar nada. A cabeça ficava mais leve, sentia os lábios estremecerem, sentia os olhos quentes, a pele quente e a pele fria. As lágrimas esfriavam o rosto. A mulher havia trocado de perfume quando o atacou. Podia dizer que a mulher havia se entregado. Dócil. Mara apertou as mãos dele contra o corpo. Mara se esfregou nele, para deixar o desodorante do filho. Gil calculava quantas estrelas estavam no céu. As chuvas haviam limpado tudo, deixando as estrelas. As estrelas estavam mortas quando ele olhava para elas. Havia esquecido porque se deitara ali. Com certeza havia chorado. Já não entendia mais o motivo. Mara usava de propósito o perfume do filho quando se deixou ser tocada por Gil, sim. E não havia motivo para choro nisso. O ar da noite respirado com os soluços. Logo estaria falando com Emma. Podia sentir os dedos na tecla. Emma atendia no quarto toque, os pais, no terceiro. Emma podia atender mastigando, ninguém jantava na casa dela, comiam e comiam. Gil se perguntava se teria chegado ao fim com a mulher com o perfume de Marcos. Gil pescava frases de Shakespeare, a voz de Shakespeare era dublada por Tom Waits. Deixou um longo suspiro, encarando as estrelas com sinceridade, como se testemunhasse alguém completando o final do jogo.

7. *Happy Days*

Agora não teria motivos para odiar. Com clareza, queria odiar assim. Quando tudo ficava mais lento e aparecia uma bolha de silêncio que a envolvia, mas o corpo ficava pequeno. Agora podia ouvir e se deixar não reagir. Agora não era uma armadilha, mas estaria sendo observada. E tudo o que o diretor queria era um motivo para suspendê-la ou pior.

Victoria guardava os lápis de cor no estojo emborrachado. Havia recolhido todos, conferiu, todos ali. De pé, encostou-se na mureta entre o pátio e o prédio da escola. Deixou o chinelo escapar do pé para poder olhar o chão e contou as três pessoas em volta dela, não havia mais ninguém no pátio. O pé alcançou o chinelo, e ela puxou o zíper do estojo.

Nenhum dos três havia jogado seus lápis pela janela. Admirava o rosto do representante de classe. Não queria que ele andasse encurvado, nem que estivesse com as duas meninas. Pensava que se tivesse o rosto dele até poderia andar encurvada. Queria saber como ele a via. Não tinha o que responder aos três. A manga do uniforme cobria o ombro e ela passou a usar um curativo na escola.

– Quem disse isso? – perguntou.

– É ou não é verdade? – retornou a menina loira.

Era verdade que Victoria tinha uma tatuagem da suástica nazista no ombro?

Se respondesse certo, podia ser deixada em paz. Responder certo dependia mais dos outros do que dela.

– Eu tenho uma tatuagem. Não é nazista. É oriental. Por quê?

– Disseram que era nazista.

– Podemos ver?

Letícia e Mara

Meus sonhos, e eu tinha muitos, repousavam ao lado. A importância da liberdade: "poucos são livres." Eu podia me lembrar sempre dela, que mastigava minha maçã, lembrar detalhes dela. E como está agora. E como seus braços ficariam com o passar dos anos. Envelhecer. Dizem que os seios despencam depois dos quarenta, e minha mãe confirmava. Ela e minhas irmãs os têm pequenos. Todos os meus sonhos têm os dois seios pequenos mais lindos. Partilhamos também o gosto pelos filmes ruins. Ontem foi o jantar na casa, voltamos cedo para ver o filme. Dublado, que é pior. Serviram creme de caranguejo. E serviram costelas de carneiro, mas com o molho de hortelã. Vinho. As sobremesas. Ela come tão bem. Chegamos depois do primeiro intervalo. Ela relembrava o primeiro filme e eu odeio perder o começo. Depois não entendo mais nada, ela disse, citava Dylan Dog. Um creme branco e preto, gelado, com calda de leite e chocolate. Ela pegou um pavê de chocolate e amêndoas.

Letícia dorme ao meu lado.

Marcos voltou com a bandeja de café e ela

*

Anos depois, uma biografia encamparia o boato de que John Lennon dormira com a mãe, Júlia.

Quando a música dele já não empolgava tanto, o que acontecia a cada dois anos, Mara ainda se embalava com o boato de que a mãe havia papado o filho.

Mara agradeceu o livro e os dois leram juntos alguns capítulos. Ela costumava se abraçar ao filho e lhe beijava o cabelo e os ombros. Mas ela não revelou que o boato a ajudou a conduzi-lo para seu quarto, quando ele tinha doze anos.

O leão e o unicórnio

"Somos siameses se você gosta, somos siameses se você não gosta."

– A Dama e o Vagabundo

O leão e o unicórnio

Paramos para tomar café. E conversamos. E falou do amor e das paixões novas, confirmando tudo com o brilho diário nos olhos.

Eu me distraía também com o mundo cinzento, o céu. Tudo é outono e inverno. O dia era todo cinzento na capital.

O vento na rua não consegue levantar a saia dela. A saia é colada às coxas fortes, que se abrem se eu quiser. Minha mão sob a saia dela. Meus dedos esperam que sua calcinha esteja úmida por mim.

Do café nós corremos para o ponto de ônibus. Vamos encontrar nossos amigos no centro da cidade.

Ela não gosta de alfarrábios nem se interessa por livros de outras pessoas.

Ela fica em meus lábios, sou dono de sua nuca e de seus cabelos curtinhos, cabelos que confundem as crianças. Por onde passa arregalam os olhos. Homem ou mulher?

Entre as estantes de livros, para mim, ela descobre um seio branco, manchado pelos dentes do outro. Isso basta para alterar a respiração dela, vejo o bico do seio engrossar e empinar, sem que precise tocá-lo.

Eu demoro em abraçá-la. Quero que seu corpo pequeno me peça, entregue-se a mim. Ela fecha os olhos, agita os braços, os quadris, os dedos se contorcem num espasmo. E o prazer que me dava sentir e saber que outros conheciam seu corpo. Que ela se entregava com volúpia à violência de outros homens. E também saber que nenhum outro será dono dela.

Os passos nos interrompem. Eu ensaio ir para a sala mais além, onde não entrariam. Eu penso em nossos amigos procurando no andar de baixo e dou o sinal.

Sem hesitar ela descalça os sapatos e atravessa o corredor, desfilando.

Na última vez insisti que ela viesse de botas, para ter certeza de que precisaria tirá-las. A poeira do chão marcou a impressão de seu pé na meia branca.

O sapato de salto baixo e fivela não ressoa no assoalho de madeira, como boa menina, ela sabe que não é o barulho minha preocupação, mas o prazer de vê-la se despir.

Será que os outros também apreciam? Devia se entregar a meninos que não sejam maus, que não sabem cuidar dela.

Seus lábios estão frescos de suco. Tem o gesto estudado, quase inconsciente, de molhar os lábios e deixar suco nos cantos da boca. Sucos de fruta são as poucas coisas que seu estômago pode aceitar. Ela ri e comenta dos livros que não comprou.

Nós quatro fazemos o que sabemos melhor, sentar à mesa, comer e conversar.

Já a definiram assim, nada na cabeça, sem estômago e com um coraçãozinho negro. Eu disse isso.

Os outros não querem sua tristeza. Não sabem o que fazer quando ela chora. Lágrimas grossas de criança.

*

Meus olhos se cansam de você. Meus olhos. No tronco das árvores, o tronco retorcido, as árvores no inverno. O verde escuro e o céu atrás das árvores. Folhas verdes, o vento das ruas, os galhos retorcidos. Folhas mortas e secas. As árvores cobrindo a rua. Eu me abraço ao tronco da árvore. Musgo. Eu volto para o chão apaixonado por você, mas nos dias frios. No sábado frio esperado, na sexta-feira, no fim da tarde, livre da escola. Ando por sua rua. Eu conheço seu portão e as árvores da rua.

Quando você está triste e pobre é quando eu gosto mais de você. Eu vejo seu rosto pela cidade. Eu também sigo outras meninas, por lembrarem você. Quando você voltar, você vai voltar, continuará não me vendo. Nada penso, não tenho o que dizer para você, não quero.

Ela se arrisca de camiseta branca contra o vento. Quadras e quadras de muros baixos, o quarteirão dos prediozinhos, cercados de grade verde como um parque, as árvores e as raízes quebram a calçada.

Após o gesso você trocou os coturnos e sapatos fechados pelos chinelos. Eu vi você descendo a rua com eles e com cotoveleiras. Trocou os chinelos pelos patins da prima de cabelo comprido e ruivo.

Ela olha por cima do ombro, se tivesse bochechas mais cheias, estariam vermelhas no frio. Você desceu a rua com os joelhos dobrados e o rosto branco e sério. Depois o carro passou e o vento levantou as folhas secas. Foi no dia que seu pai trouxe o walkman. Ele subia a rua de baixo. Eu vi quando ele apontou para seu pé, você levantou os ombros, mas balançou a cabeça para ele, boa filha. Ele se vai, ela mostrou a língua pra ele e levantou o dedo, mas gostou do walkman. Prendeu-o no braço. E continuou de patins.

Uma vez, você não deve se lembrar, antes de cortar o cabelo, eu te vi passando com o rosto cheio de ressentimento. Trazia um vergão no braço. Eu sabia o motivo, queria ser o seu pai, e também queria matá-lo.

Ela começou a furtar, em lojas. O pai achou que eram presentes dos namorados as novidades aparecendo nas coisas dela. Guardei aquele vergão no braço, que tentei reproduzir em todas as mulheres que encontrava. Imaginava que aquela marca era a visível, que seu pai teria acesso a sua bunda branca. As marcas, nunca permanentes, que tentei deixar nos traseiros, recebi amor e, por vezes, uma devoção que chegava à submissão.

Dúvida minha, fizesse eu mais do que seu pai, ela também não me olharia com doçura, mas teria os mesmos olhos duros daquele tempo. Eu sei que você não é das pessoas que não se quebram. Você é única. E não está em suas filhas, tão estranhas quanto você. Eu comi as bastardinhas. Perguntei de você e foram evasivas, eu gosto de você. E não vou tê-la. Soube disso quando te vi pela primeira vez, logo após descobrir que, depois de vê-la, nunca seria feliz.

Orquídeas

Letícia adulta cuidava de orquídeas e se correspondia com homens que cuidavam de plantas e amarravam mulheres. Enquanto cuidava dos vasos e das estacas, era examinada por Marcos. Hoje Letícia tem 15 anos e enquanto espera Marcos Jr, na sala ao lado Marcelo o jovem e Marcelo o advogado relembram passados recentes e distantes.

Diário de Victoria aos 13

na itália

Na itália há uma árvore grande e seca. A única coisa verdadeira no mundo. Eu gosto de acreditar nisso. A árvore já existia antes das guerras.

Também há dois meses eu completei treze anos.

Na itália há uma estrada de terra que acompanha um muro quase todo destruído. Esse muro de pedra me protegeria da árvore grande. As pessoas acham que essa árvore representa perigo.

no espelho

Todos os dias eu me olho no espelho e tento me reconhecer. Eu me sinto desconfortável, meu corpo está mudando. Não sou eu. Dizem que tenho seios e eles estão inchando, sinto dores, tenho cólicas. Sei que estou doente. Vou morrer. Morrer como o meu avô.

Um dia eu reuni meus brinquedos e os coloquei em uma caixa. Eu guardei a caixa no quarto dos fundos. Minha mãe pegou a caixa e a levou para o seu escritório. Um dia minha mãe vai morrer. Vão ficar tristes comigo se eu não chorar. Isso aconteceu numa história que eu li.

há muito, muito tempo

Outono e inverno são as estações de que eu gosto. Por causa do frio e dos tons das árvores e de todas as coisas. Eu me lembro mal das cores. Deixei de vê-las há muito, muito tempo. Tudo o que eu vejo são tons de cinza. Vejo infinitos tons de cinza. No inverno os tons se misturam, como se eu estivesse dentro de um filme. Eu gosto muito de filmes.

Pouco me importa se são bons ou não. Eu li dos sete até os doze e meio. Li todos os livros para a minha idade que minha mãe comprou. Depois eu li os livros das estantes do escritório dela. E me escondi para ler também os livros que ela escondia no quarto dela.

neste ano

Neste ano vou ver mais filmes. Acho que perdi muito tempo aprendendo a ler. Eu gostava das enciclopédias do meu pai. Foi num dos volumes que pela primeira vez eu vi a árvore que vive na itália. Mas eu não vou dizer nada sobre isso.

Minha mãe vê muita televisão. Eu me sento com ela à noite. Às vezes nós deitamos abraçadas e acabamos acordando com o chiado do televisor. Assistimos em silêncio.

Mas muitas vezes ela trabalha até tarde e chega cansada em casa, o que é bom, pois deixa tudo quieto por aqui. Quando volta tarde ela bebe. Traz seus amigos. E eu bebo com ela.

Quando minha mãe bebe ela fica feliz. E se eu estou bebendo meu corpo fica animado. Todos ficam mais simpáticos quando bebem.

quando ela está chorando

Às vezes minha mãe bebe até seus olhos mudarem de tom e ficarem opacos. Às vezes ela começa a chorar. Dizem que seus olhos ficam vermelhos. Deve ser feio de se ver. Quando ela está chorando um dos homens a leva para o quarto. Os outros amigos continuam bebendo na cozinha e me olham e sorriem para mim o tempo todo.

achava que as pessoas queriam ser felizes

No final eles se oferecem para me ajudar a limpar a casa. Um dia um deles passou sua mão sobre a minha cabeça. Foi estranho. Senti vergonha.

Eu me senti diferente depois.

Minha mãe não é uma pessoa muito feliz, o que é como as coisas são na minha família. Meu avô, que morreu quando eu tinha quase dois anos, sofria de dores horríveis nas pernas. Eu não me lembro dele. Minha mãe não fala do meu pai. É como se não tivesse existido. E eu me lembro bem dele. Não quero falar das minhas tias, posso dizer que tenho uma tia que se chama Teresa e é muito bonita. Agora ela está morrendo. Antes eu achava que todas as pessoas queriam ser felizes, menos eu. Agora eu percebo que não. Minha família parece não se importar muito de ser tão apagada e infeliz. Por enquanto é tudo o que eu queria dizer sobre a minha família. Talvez eu queira ser feliz, como todo mundo quer.

minha árvore

Os livros terminam em si, mas não têm o poder dos filmes. As imagens dizem tudo. São imutáveis, intocáveis. Não é assim com os livros.

À minha volta as pessoas estão crescendo. Não sei quem sou. E está bom assim, eu não sei. Nada está bom. Eu sou uma criança. Mas não me enxergam mais assim. O que eu tenho é poder acreditar em minha árvore. Eu sei que podem tirar até isso dos outros.

sendo ninguém

Minhas primas têm vários segredos. Elas fazem coisas com as pessoas, não posso falar disso. Toda cidade deve ter as suas bruxas.

Mesmo depois do banho eu continuo a me sentir como era. Continuo não sendo ninguém.

Já pensei em me matar. O que eu faria depois de me matar? As pessoas se matam por algum motivo? Não por falta do que fazer, acho.

continua

Eu não quero ir para a itália. Se eu encontrasse aquela árvore, não teria mais nada para fazer. A vida continua.

Minha vida não é aquela foto na enciclopédia, não é um filme. Os filmes acabam. Minha vida é como um dos desenhos que nunca termino, mesmo depois de já ter estragado.

Não gostei da última coisa que disse. Não parece natural. Parecia uma frase de peças de teatro.

dormiu mesmo

Minhas pernas balançam na janela do meu quarto. Ao meu lado meu caderno de geografia e meus tênis. Minha bunda dormiu mesmo. Lá embaixo, na entrada da casa, as páginas que arranquei tomam chuva. Eu mesmo encapei meu caderno. Com o desenho de minha árvore e plástico colante transparente.

1998

In heaven everything is fine

O mistério da identidade

Na sala de Marcos sênior, os quatro homens se reuniam antes de o tempo se esgotar. O tradutor comentou que Marcos estaria morto logo e que depois o filho dele conheceria sua filha. Marcos se lembrou de que os outros dois, o velho e o jovem de aparência irritante, também se chamavam Marcelo.

O jovem Marcelo lembrava Marcos de si mesmo e de seu filho. Marcos era o único do grupo não envolvido no meio literário. Por isso o livro foi confiado a ele. Queriam perguntar o que Marcos sabia de Tito.

*

Você tem medo dela?
Você a ama?
O que você quer?
Ainda quer mesmo?
Eu não sei. Eu acho que sim, sim para todas as perguntas.
Quem se importa com o mundo?
Em que você tem fé?
Eu não espero mais nada. Mas eu tenho medo.

"Ela era incapaz de amar dois homens ao mesmo tempo. Ia enlouquecendo por causa disso. Então ela resolve se matar com um deles."

Como situar Gil?

Ela não conhece a banda, não sabe nada dela. Nada. Acredita nisso? Pensei, você caiu do céu. Girei em volta dela três vezes. Perguntei e perguntei muito se ela não conhecia mesmo.

*

Gil sabia desde muito o que esperar daquela situação. O que o incomodava afinal? Achava que não sabia, qualquer resposta, pensava, daria a entender o que quer que a mulher pensasse. Era Lóri, e Lóri não podia esperar por decisões. Ou pela decisão dele. Gil deixou um filete de sangue escapar do cotovelo. Um fio aberto pela lâmina do estilete. É assim que elas fazem, as meninas fazem melhor? Fascinante. Sangue. E ardia. Podia esperar que as meninas não deixassem sair muito sangue. Lóri não gosta de sangue, quase certeza disso. Ela gosta, eu sei do que, mas não se pode dizer tudo. É assim. Eu não diria as coisas pesadas, não se isso trouxesse o que vem depois.

Nove passos

Primeiro

– Há mistérios nesta vida.

– Porque hoje é domingo você quer inventar alguma diversão.

– Hoje é domingo, não é?

– Hoje é domingo, Jr, e nada vai mudar isso. Claro está. Mas, como você vai insistir até eu ficar mais careca que você, vou dizer, há mistério.

– Eu não estou ficando careca. Estou?

– Espero que não, ou vou ficar apavorado. Você sonha, como eu, em fazer tudo o que gosta?

Noite quente de domingo. Marcos e Gilberto esperam as meninas. Estão na varanda do primeiro andar, nas espreguiçadeiras.

– Eu sonho com banheiros. Minha irmã também.

– Pois já tenho banheiros suficientes, velhinho. Foda-se, você falava de mistério.

– Mistérios.

– Sei, claro, é óbvio. É óbvio que eu não entendi pone do que você fala, nem entendo o que eu mesmo estou dizendo. Sorria, Marcos, hoje é domingo, domingo à noite. Essa brisa é que faz a coisa andar. É por isso que não estamos deprimidos. Pelo menos. O plural, ah, sim, o plural, mistérios. Você não vai me enrolar de novo com coisas de religião, né? Mistério, singular, é coisa de Cristo, não é?

– Está falando comigo? Pode ser coisa aí de religião. Por que você tenta mudar de assunto?

– Foi você quem me corrigiu, eu falo em mistério, você diz que é mistérios. Continue, você me fascina.

Nove anos após a morte do profeta, o islã alcançou a China.

Segundo

Em 1979 uma pessoa foi presa por ter escrito numa nota de 10 cruzeiros:

*República da Maçonaria, lei ***, 1941*

Além da inscrição, havia o desenho de uma figura humana segurando duas espadas. Jornais como o Última Hora deram a notícia.

Terceiro

– Eu tenho nojo do senhor.

– Por quê? O que eu fiz para você?

Gabriel dos Anjos visitava a casa do avô pela terceira vez na vida. Ele não imaginava que o velho guardava um pequeno revólver com munição .32 Smith & Wesson no bolso do casaco. Gabriel imaginava o corpo debilitado e o hálito ruim e as mãos grosseiras sobre a pele de sua irmã. O velho era forte. Gabriel reparou que as mãos do avô eram bem cuidadas.

– Cadê a minha irmã?

– Por favor, retire-se da minha casa.

– A minha irmã.

– Se ela não te disse aonde ia, por que eu diria? Pode ir embora, Gabriel, ela não está aqui hoje. E eu não recebo bastardos em casa.

O velho examinou Gabriel para saber se podia continuar falando. Ensaiou algumas falas:

Você sabe que você não é filho do velho Gabriel, não sabe? Sua mãe nunca lhe contou?

Eu não queria contar isso. Mas você não me deixa escolha. Quando nos vemos, você faz cara feia, é grosso comigo. Quando foi a última vez que deixaram eu chegar perto de vocês?

Nono

– "Se o terrorismo não existisse, o Estado o teria inventado". De quem é a frase?

Penso se não é diferente, se não foi o Estado que criou o terrorismo. O terror, afinal, é uma resposta ao poder. O comitê central não foi gerado, ele existia desde o início. Não quero falar com o velho. Eu

– Você não sabe, não sabe.

M

Os velhos querem saber o que eu sei sobre Mara Gallier. Deviam perguntar para os outros, Tito, Ricardo, para as filhas da outra Mara.

Marcelo despe-se para rascunhar algo na caderneta. Da janela aberta vem uma brisa e ele olha para a janela quando o vento sopra. Ele veio em passos lentos. Ele entrou cambaleando no apartamento. Minha vida não é real, ele lê essa frase no meio da caderneta, escrita pela amiga. Que horas ela volta? Ela vem amanhã. Vai amanhecer. Sapatos pretos e meias pretas. Calça, camisa e suspensórios pretos. A cueca é branca. As chaves e as moedas estão no bolso do casaco preto. Junto vão bilhetes e notas fiscais e a caixa dos óculos escuros. Marcelo quer escrever até a exaustão. Não pode parar antes. Tem medo do exame de consciência que fazia todos os dias, da infância até a adolescência. Se não puder mais escrever, resta ouvir a madrugada e concentrar-se em pensamentos e imagens que o excitavam. Seu mundo de fantasia é cada vez mais erótico. E foi assim que conseguiu se livrar do exame de consciência. Exausto, pode deixar-se passear pelo exame, passear como se visse a vida de outra pessoa, passear indiferente. A frase da amiga agora parece verdadeira. Eu não posso ser outro. Ele deixa a caneta escapar da mão. Aninha-se entre os edredons e almofadas. Não há pó de café nem vinho no apartamento, Marcelo não tem dinheiro para vinho. Há cerveja, para outras ocasiões. O primeiro gole é tão bom. Ele lembra também de sonhos com banheiros. E as revistas que encontra nos sonhos. Havia uma menina nua, e ele não se lembra de ter visto os pelos dela, sabia que tinha pelos. Nua e ele a abraçou. Em um sofá, no corredor de uma casa, onde havia uma festa e eles sabiam que o tempo passava.

Anunciação

Victoria aguarda. Foi ideia de seu novo amigo vesti-la de mulher. Marcelo conseguiu que ela usasse um vestido preto e sapatos de salto. Ela não andou muito, mas foi olhada, comentada.

A entrada do Medo no Querido Diário da Débora

Medo eu senti toda a minha vida. V diz que ser pobre é sentir medo. Se você é pobre, tudo o que você tem vale muito, cada coisa tem seu lugar na vida. Perder uma delas é perder um pedaço da vida. V está certa?

Ela tem muita raiva de ser pobre. Cada peça de roupa dela é importante demais. Os óculos escuros de estilo, a jaqueta nova, os desenhos que eu dei pra ela. Então eu pensava, caramba, se tudo tem valor, ela tem uma vida muito rica, não tem?

Daí ela disse a grande pérola:

Que me adianta ter coisas de valor quando são só estas que eu tenho?

Minha vó diz que isso é ingratidão. A V me disse chorando que a coisa mais bonita que ela tem é ver o pôr e o nascer do sol. E é o que ela tem para admirar.

Meu medo é diferente do medo dela, eu acho. Ela não tem medo de dor física. E eu acho que vão me bater. Comentário dela:

Você se acha muito importante, o suficiente para que o mundo todo queira te espancar.

V sabe como deixar o dia alegre, não? Sarcasmo é o espelho da alma azul. Ou da alma cinzenta. V enxerga tudo em tons de preto e branco, de verdade.

*

QDD, L e V voltam mesmo na quinta. Lulu das neves não pegou cor nenhuma. Preciso dizer que a Victoria nem viu sol? O Jr chamou a V de Vitória Agonia. Nome de personagem, não é?

Sonhei que a besta do meu irmão deixava os PCs de casa na chuva. Ele ligou um monte de coisa, umas impressoras, umas CPUs antigas que eu vi na escola dele. Não era chuva, era garoa, e o panaca ficou lá olhando para tudo.

E eu acordei com a bexiga cheia. E minha boca estava morta, está até agora, depois de vários chicletinhos. God shave the queen. Amanhã é dia da navalhada.

Pensamento do dia?

QDD, pare com essa bichice. Hoje o dia não está para pensamentos.

Como resumiu o tiozinho da TV: "*pensar é idiota*". Pelo menos hoje, eu concordo.

*

Eu de novo. Minha amiga de Londres mandou um trecho duma banda chamada *Postcards from H*. A banda é boa. Melhor que *Ectabúndi*.

QDD do céu. Anotei mais uma. Essa é minha. *Às vezes tem uma lâmina dentro da minha cabeça, que vai cortando tudo.*

A filha do Marcelo advogado brigou com ele. Li a carta que ela mandou para a advogada do outro Marcelo, o velhinho. O velhinho está mal também. A filha do advogado disse que havia um buraco na cabeça dela, e que esse buraco foi causado pelo pai dela, que também tem um buraco, mas um de verdade, o dela é psicológico.

O bom de desenhar é poder separar o que acontece mesmo do que é coisa que tem na minha cabeça. V acha que eu posso acabar igual minha avó, vendo mosquitinhos pretos na frente dela. O médico disse que isso é pressão alta, nada a ver.

V me mandou pesquisar teoria dos jogos e cibernética. Eu acho que dá uma história legal.

Ivan Petrovich Pavlov: *A linguagem é um vírus.*

James Clerk Maxwell: *O louco é aquele que perdeu tudo menos a razão.*

John Von Neumann (1903-1957): *A vida é sonho.*

Norbert Wiener (1894-1964): *Tecnologia é criação do homem e quer voltar para o homem.*

Alan Mathison Turing (1912-1954): *Eu, que estava morto, estou vivo e este é o aniversário do sol e este é o aniversário da vida.*

Escadarias

Muitos anos depois, pelo menos foi assim que Victoria ouviria, duas mulheres descem a escadaria da Igreja. Entre a Igreja e a praia há uma praça de concreto e ferro e escadarias. Uma veste preto, um vestido preto muito leve, de saia comprida. A segunda veste uma jardineira escura. Esta, de tapa-olho e ventre inchado de gravidez, é Luciana. A outra é Victoria. Victoria carrega a urna com as cinzas de Débora.

O Problema Final

Crucificação?

– E essa é das grandes, você não vai dar jeito nisso.

Renata não está interessada na opinião da irmã, Renata pede a crucificação.

– Mas eu não posso te crucificar. É crime. E dói.

Helena acordou e se acomodou na cama para ouvir a discussão. Renata descobriu que a Igreja podia salvar sua alma. E Renata adoraria ir para o céu.

– Quem não quer ir para o céu? Eu não quero ser salva, quero eu mesma me salvar.

Helena esfregou os olhos:

– Isso é *dumping*, não é? Monopólio?

– Você acha que isso é importante, Renata? E eu então que não posso ser papa, que religião é essa se eu não posso ser papa?

– Você quer ser papa?

El señor Blake?

O ócio do jegue é a glória do Senhor.

Experimentei quando entrei na livraria as mesmas sensações. O encanto pelos autores gregos e pelos autores romanos.

Paternidade

– O que você não sabe sobre seu pai, Lulu?

– Muita coisa. Não sei se é importante. Mas queria saber se ele pensa em mim e na minha irmã. O senhor sabe que ele ainda gosta muito da minha mãe.

– Ele tem alguma namorada?

– Não.

– Faz tempo?

– O senhor quer saber o que ele faz? Se ele tem alguma fraqueza no corpo?

O velho sorriu? O velho virou-se para a menina, que encaixava o filme na máquina fotográfica.

– Sou um velho, menina. Não posso ser mais transparente.

– Seu amigo advogado, o que mora numa mansão, é mais discreto.

– O cinismo, Lulu, adoça todas as nossas ações. Na minha idade, cinismo parece amargura.

– Está fazendo discurso de novo.

– Com essa arma apontada para mim, fico muito solene.

– O senhor tiraria fotos da gente? Eu quero tirar umas fotos também.

*

Marcelo o tradutor examinou os exemplares que Marcelo o velho deixara sobre a mesa. O velho apreciava o final da tarde. O vento agora era úmido, fresco. Sentado na poltrona, a cabeça pendia para trás. Não cochilava, mas o velho dormia cada vez mais.

– Você acha que eu vou morrer logo?

– Não penso nisso. Não é das coisas que me preocupa, você sabe.

– Mas eu podia te deixar muitos livros bons.

– Desculpe, quando trabalho me esqueço do resto do mundo.

– Eu nunca precisei trabalhar para conseguir isso. E de vez em quando faço café e as meninas me fazem companhia.

– Pensa em morrer. Asseguro que o mundo vai continuar o mesmo sem você. Mas eu posso me certificar de vez em quando. Estão batendo à minha porta. Cobradores, pedintes, minhas duas filhas.

O velho ficou em silêncio um minuto, antes de encontrar a pergunta:

– E a grande bióloga?

– Adriana manda cartões de vez em quando. No natal e no meu aniversário.

Débora e Luciana imitam Victoria

– Dizem que há seis bilhões de pessoas no mundo.

– Isso te deixa excitada?

– Só quando penso na AIDS.

*

Luciana e Victoria liam e espiavam o pátio através da janela.

– Ele vai fazer café de novo.

– Está chovendo ou eu sonhei?

– Vai olhar a janela, folgada.

– Tenho medo de olhar a janela.

– Sério?

– Não, só não gosto de olhar a janela.

Victoria e Luciana se olharam e conferiram a chuva batendo contra a janela. Não queriam mais repassar o diálogo do velhinho. Quando Marcelo voltou com café, as duas continuavam olhando a chuva:

– Está tão ruim assim?

– Sabe, "só não gosto de olhar a janela" é coisa que gente velha fala.

Quando o telefone parou de tocar, Marcelo e as duas meninas ainda olhavam a chuva através da janela. A cidade inteira era cinza.

*

– Se eu fizer com você, você fica mesmo comigo?

– O que você quer que eu diga?

– Não quero te humilhar. Você sabe disso.

– Sh. Ele vai acordar.

– Ele saiu. Foi lá fora, tomar chuva.

– Você quer que eu diga a verdade? O que eu preciso dizer?

*

– Sua mãe no telefone, Victoria. Quer saber se você volta um dia pra casa.

– Tem comida lá?

– Eu disse que você ia esperar a chuva passar.

– Ela nem sabia que tinha chuva.

– Ainda está doendo?

– Não. Parou.

...

...

– O senhor coleciona esparadrapo e atadura?

– Sim, na minha idade meus sonhos são todos egípcios.

– Desculpa.

– Quem sabe um dia você também não faz 80 anos. Isso não é praga.

– Eu queria mais chá.

– Foi um corte bonito. A Lulu vai trazer carolinas e presunto.

*

Então elas vão embora. O que resta é ir todo festivo para a frente do televisor, cantar e se divertir.

Ele dorme com as janelas abertas. Em seu sonho, Carlos Gardel invade o apartamento e retira o Nintendo e todos os cartuchos pela escada de incêndio. Gardel deixa um cartão amarelo, é sua assinatura de ladrão. Marcelo acorda várias vezes e confere se o vídeo-game e a TV continuam na sala. O velho sonha também com a chuva. A cidade fica toda cinza.

D e L imitam Victoria mais um pouco

– Você parou com o chiclete?

– Parei. Não funcionava mais.

As duas rolam de rir.

– Como assim, funcionando?

– É, não funcionava mais. Daí eu parei. Semana que vem vou parar de comer queijo prato.

E riem mais.

Amanhecer

Murilo resolve se levantar. Seus olhos se acostumaram à escuridão do quarto. Cansado demais para levantar, ele se concentrava nos detalhes do teto. Há uma brisa gelada que entra pela janela. Ao lado dele, a mulher respira e esquenta a cama. Murilo pensa em se levantar, quer escrever ou desenhar. Era verão até agora e continua quente. Outono quente.

Marcelo o jovem está escrevendo na sala. Ele digita. Às vezes, ele passa os dedos pela tela do computador. O apartamento está dormindo, dormem as pessoas, ele percebe que não ouve mais os carros nem o vento balançando as folhas das árvores. Se ele fechar os olhos, pode se lembrar do som do trem, o trem cruzava a cidade dele de madrugada, composições de mais de 20 vagões.

Helena se revira na cama. Quente. Calor, ela murmura. Está sozinha na cama, a irmã pode estar na sala. Helena ouve a TV. Imagina a luz azulada e a irmã na sala. Helena dorme entre dois travesseiros, o terceiro esquenta suas coxas. Ela esfrega os pés no colchão, tem as meias de lã da irmã.

*

As pessoas não param de ter filhos e não param de viver cada vez mais. É difícil suportar um dia quente. Queria dormir, acho que é sono, não fiz nada ontem, fiquei no quarto, fiquei ouvindo o barulho da rua. Apaguei a luz. Sim, querido diário, ficou quente demais para deixar a luz acesa, ficou muito quente e soprava um vento muito bom. O tempo está seco. Minha pele está seca. Adianta alguma coisa falar que tudo secou? Faz dois, três anos que tudo secou. Até o tempo ficou diferente. Vão dizer que alguma coisa fodeu com o clima. E daí?

Por que é tão importante dizer alguma coisa? Então eu mudei a cama de lugar, fui empurrando com os pés. Foi legal, por um tempo. Depois mudei a cadeira de lugar. Não foi tão divertido.

É como quando eu lembro que vou atravessar a rua, que vou dar um passo e vão faltar quinze passos, que uma hora eu vou estar na metade da rua e que depois vou saber que já passei da metade e vou lembrar que vou pensar nisso. Atravessar a rua. A Débora costumava se morder. Também gostava de se espetar com os alfinetes de costura da avó. E com a ponta do cortador de unha. Eu tentei um tempo.

Não dá para se cortar muito, você perde o controle, é como a comida. É fácil comer um pote inteiro de sorvete. Meu colega do sul disse que uma vez tomou cinco litros de sorvete. Comeu um pote de três litros, depois comeu outro de dois. E vomitou depois, disse que nem sentiu, vomitou espuma. Perguntei se ele fazia muito isso, disse que não, é como eu, perde a fome quando está mal. Será que vou parar de comer? Todos esses papéis de bala são o meu medo de parar de comer. Fico comendo bala para meu estômago não atrofiar.

Se eu tivesse dinheiro, se, então as coisas seriam melhores. Eu acho. Quem não quer poder comprar uns CDs mais legais? Ou pelo menos poder comprar um.

Com dinheiro se pode viver bem. Minha mãe diz que o mundo é recursivo. Quando ela descobriu que a Débora queria saber sobre o Mandrelbot, pulou de euforia. Minha mãe adora essas besteiras. Tudo é besteira. É o que a Bíblia diz, palavras dela. Minha mãe ri com essas coisas. Coisa de gente grande, diz a Lu, ou coisa de minha mãe, não me importa.

Gente grande. Será que eles me odeiam muito? Não tenho seios grandes. Nem minha mãe. Ela está bebendo menos agora. Isso é mau? Algumas pessoas não têm controle. Eu não sei se eu tenho. Há quatro dias não vejo TV.

Sinto falta. Logo vou vestir minhas roupas e sair. Pra onde? Qualquer lugar. No filme um cara disse, o problema é que você vai para um lugar diferente e descobre que é tudo a mesma coisa. Ontem eu perguntei para minha mãe qual era o melhor escritor do mundo. Ela respondeu Raymond Chandler. E eu perguntei se ela havia lido muitos livros dele. E ela disse que havia lido um e outro ela parou no meio e jogou no lixo. Na verdade, ela me disse que jogou no caminhão de lixo, quando ninguém vigiava. Eu não sei se acreditei. Agora estou acreditando. Mas ela completou dizendo que na verdade Chandler não havia escrito muitos livros bons. Eu ia perguntar se ele continua sendo o melhor do mundo, mas fiquei quieta. Quando ela resolve falar é melhor não ficar por perto. Ela não tem coragem de telefonar para os amigos dela. Todo mundo sabe que ela adora conversar e falar besteira, mas ela não tem coragem de ligar para ninguém.

Hoje eu vou perguntar de novo qual é o melhor escritor do mundo.

Anteontem foi o meu irmão que perguntou. E ela respondeu a mesma coisa, Raymond Chandler. Mas era porque eu continuava na sala. Depois, quando eu fui beber água, ela cochichou para meu irmão no corredor que o melhor escritor do mundo era Lytton Strachey. É algum tipo de piada, medo de que meu irmão seja invertido. Eu queria que ele fosse. As mães gostam quando os medos delas se justificam. Minha mãe mesmo que disse isso. Mas não falou de qual filme é a frase.

Minha mãe é mesmo muito engraçada. Meu irmão, aquela besta, não sabe disso. Não sou eu que vou falar com ele. Sim, querido diário, semana que vem fará 63 dias que não digo uma palavra para ele. Nenhuma, nem parabéns nem dane-se.

Então ele chorava no banheiro. Invertido. Porque uma mulher aí que ele gostava havia se matado. A louca se enforcou com os cadarços dos tênis. Acho que quem se mata não é louco de todo, mas essa vivia internada numa casa de loucos. Era louca mesmo. Não sei se meu irmão é invertido, queria que fosse, mas a mulher era lésbica. Escrevia peças. Então talvez eu me mate também, mas longe dele, e quando eu tiver coragem.

Já viu um porco morrendo? Enfiam a faca e eles gritam. Você tem de abrir logo o pescoço. Vi na fazenda. Depois abriram um inteiro, ao meio. Botaram na mesa. Aberto ao meio, não sangra muito, não faz sujeira. Minha mãe se sente mais gente no sítio, é rural, ela enxaguou as tripas, lavou bem. Iam fazer chouriço, que não como, e linguiça. Porco grita. Será que dói tanto assim?

Não está adiantando. Sabe, acho que minha calcinha secou. O mundo é recursivo? Todo mundo morre? Tanta gente quer que tudo pare. O que vai ser delas? Não está adiantando. Eu não consegui parar de pensar na casa. Não consegui deixar de pensar em. Não quero escrever isso.

A verdade é que eu queria ir pro Chile. Lá é muito bom. Deve ser, ninguém fala nada do Chile. Dizem que as ruas são feitas de chocolate no Chile. Com recheio dos mais variados. Dizem que há muitos nazistas no Chile. Deve ser mentira, quase todos estão mortos. Na verdade, a maioria dos nazistas era alemã. Minha mãe nunca vai deixar eu ir para o Chile. Ela quer saber da Patagônia, mas não me deixaria ir para o Chile. Nem se eu pagasse em dezesseis vezes. Se pudesse pagar.

*

– Li aqui que esperam que você, jovem, tenha uma nova ideia, uma nova postura e um novo paradigma.

Débora espera convencer Victoria a deixar a rede e experimentar a chuva.

– E se o paradigma não abrir? Que fiquem esperando. O que há de errado com as velhas ideias?

– Esquece. Também dizem que o amor romântico é uma mentira. Você, que odeia romantismo, o que acha?

– Acho que esses aí não aceitam que outras pessoas possam ser românticas e idealizar seus amores e se darem bem.

Victoria resolveu trocar de roupa.

– Vai, diz aí, por que está pulando?

– Vou descolar uns trocos. Acho que vou pro Chile.

– A mesma reportagem ainda alerta para as pessoas que perdem a noção da realidade.

– Isso não existe. Realidade é uma lenda urbana.

– É você que sumiu com a minha revista.

*

– Você o viu dançando no jardim?

– Eu não. Ele já tirou a roupa?

– Eu também não vi.

– Tenho medo de um dia minha mãe ver essas coisas.

– Medo?

– Medo. Vai que depois ele pede a minha cabeça.

Quando Marcelo voltou do mercado, avisou que a mãe de Victoria deixara um recado. O irmão da menina atropelara um carro, de bicicleta.

*

O que Gil gosta na ideia de perdão é que perdoar não é necessário à vida. Você pode viver muito bem sem ter de perdoar ninguém. O perdão é um luxo. O que mais o fascina no cristianismo é o perdão.

Esta é a frase que Gil queria tatuar na namorada:

"Psicologia é controle. Quem curte psicologia quer é controlar os outros usando a própria mente da pessoa."

Um dia, ele retorna e você ainda está na cama, de pijama

Quando Victoria parou de soluçar, desceu do parapeito e encarou o homem pela primeira vez em muito tempo.

– Você quer que eu te dê detalhes sobre minha vida estúpida.

– Não sei se uma vida, mesmo a sua, seja estúpida.

– Ótimo. Esqueça qualquer julgamento da minha vida feito pela pessoa que é obrigada a vivê-la.

O homem se deixou ser examinado antes de se aproximar da cama:

– Não sabia que tinha o humor do seu pai.

– Talvez a vida dele seja mais interessante que a minha, eu também acho.

– Desculpe, não imaginava que minha voz te ofendesse tanto.

A menina se sentia como um animal de estimação, o homem parecia ter estendido a mão para que ela o examinasse.

– Se é assim que pede desculpa, aceito. Se não vai dar braço nenhum para torcer, precisa ainda saber sobre mim?

– Todo mundo tem direito a um julgamento justo.

Victoria não ia voltar a chorar. Queria entender por que não teria um momento de luto. Todos tiveram. O pai a acordara, seu pai chega do nada depois de tantos anos e quer conversar.

– Justiça é uma formalidade, acho que a frase é sua ou do seu tio.

E o homem sorriu.

– A frase do meu tio é "justiça é um ritual protocolar sem qualquer transcendência". Era uma discussão contra a pena de morte. Se o Estado queimasse a efígie do condenado, daria no mesmo.

– Acho que se fazia isso, quando não se pegava o bandido. Ao mesmo tempo, a morte não retira nem acrescenta nada.

– Sei que você é estudante.

Victoria fingiu que estudava o homem antes de prosseguir:

– Sim. De história, o pesadelo joyceano.

– Você acha que Deus é um mau escritor? Acha que meninos e meninas que adotam um non serviam qualquer e leem Joyce são comuns demais? Alguma fixação Dele.

E Victoria viu seu pai fazer o sinal da cruz pela primeira vez.

– Minha mãe, sua ex-mulher, lia Rimbaud.

– Você l'eu Eliot? Bernanos? – o rosto do homem se iluminava com os jogos.

– Vai me perguntar sobre Von Mises também?

– Leu os russos?

– Li Eliot, pai.

– Não sou seu pai, filha.

As duas frases haviam saído secas, sem ensaio. Os dois mentiam, Victoria não tinha mais pai e ao mesmo tempo o pai dela nunca se sentiu afastado dos filhos. E porque não tinham mais nada para dizer um para o outro ou para ninguém nunca mais, nada além de cansaço. O homem se sentou ao lado da menina e tirou o chapéu. O homem era grande, dobrou a camisa sobre a cabeceira e deitou-se sobre as cobertas. A cabeça lhe pesava. Soube que a menina tinha a mesma pele que ele, mas havia algo da mãe. A menina, que também vestia uma camiseta regata, deitou-se ao lado de seu pai e deixou o chapéu dele sobre seu peito. Podia sentir a umidade do cabelo dele no forro do chapéu. Os dois fitavam o teto.

– Você pensa em ir para a faculdade? Pensa em fazer alguma coisa da sua vida?

– Não penso em fazer nada da vida. Às vezes tudo é muito complicado. Eu me arrependo disso.

Tenho dinheiro, se você quiser faculdade, ele disse. Eu gostaria muito, é isso o que eu gostaria, mesmo, mesmo, de conhecer as bibliotecas, ela disse. Não faça direito. Não farei. Nem medicina. Eu sei. Você ainda é inteligente? Talvez.

– Seu irmão está vivo, está bem. Alguém devia dizer isso para você. Eu.

– Pensam que não gosto dele.

Desde quando você tem essa importância na família?, ele disse. Eu não me importo com ele, ela disse. Eu poderia falar que ele havia morrido, para ver sua cara. Nem sempre fazemos o que queremos. Essa frase também é minha.

– Então, por que eu tenho de viver a sua vida? Ou a da minha mãe. Ou a dele.

– Quer ouvir algo estúpido? Não tenho o menor interesse nisso agora. Depois, quando a gente sair para comer alguma coisa. Não quero rever seus parentes lá no hospital. Vamos sair daqui.

De muitos personagens a outros personagens

– Eu odeio, odeio você. Odeio tudo em você. Não entende isso? É tudo culpa sua, tudo. Eu te odeio por tudo. Não quero mais falar com você. Eu odeio você.

De como seu pai vende a liberdade

O pai de Victoria faz um cheque.

– Eu faço um cheque e você esquece tudo. Certo?

– De quanto é o cheque?

– Quanto você precisa?

Victoria mostrou com os dedos.

– Não é muito. Posso fazer três cheques. Posso saber o que você vai fazer com o dinheiro?

– Não.

– Ok, menina.

*

"Rubião fitou o Ceará. O que era há dois dias? Filho da puta. O que é hoje? Capitalista".

Victoria piscou duas vezes e virou-se com os dois gatos, um em cada ombro, e disse:

– Anarco. Anarcocapitalista.

Débora pensou no homem morcego: "vai ser uma boa vida." E teve vontade de se abaixar e deixar que a menina tocasse suas costas, seu pescoço, como Victoria fazia com os cachorros e os gatos.

As loucuras de Renata

Renata chorou por muito tempo. Por que estou chorando? Não chorava assim desde a adolescência. Sente dor? Você sabe o que é dor? Quando você chora muito, ela se lembrou de comentar ao irmão, nada cai do céu. Pode chorar à vontade, nenhum deus vai aparecer. E você nem dá bola para isso, não é? Você alguma dia acreditou em alguma coisa? Você sabia que eu acreditava? Você não vale nada, como eu, mas você nunca chorou assim, não é? Algum tipo de doença é isso. Eu achava que não tinha a doença da mãe. Tenho toda inveja de você, seu bastardo, e da Bruna e da Lena. Inveja. Queria tanto não ser doente. Então ela parou de falar e ficou por dois minutos olhando para o irmão e para a cigarreira. E recomeçou a contar todos os detalhes daquele dia.

Começava um dia nublado, Renata já de pé. Ela se debruçou no batente da janela e acendia o único cigarro do dia. Gostava de levantar mais cedo para sentir a brisa. Queria ver o sol nascer. O ar se aquecia.

Sobraram dois processos para ler ainda. Sobre o sofá. Dois processos, reviu a imagem da noite anterior, dois amigos a chamavam de Renatinha, em algum momento da noite anterior Renatinha chorava no banheiro. Não, era ela no banheiro, outra mulher chorava, em nada parecida com ela. Renata se aproximou da mulher. Na verdade, não sabia se havia mesmo uma mulher no banheiro, chorando. Reparou na manga do agasalho, que era comprida, a mão e os dedos eram cobertos pela manga do agasalho. Podia ver a ponta dos dedos. Tão pequenos e delicados. Os amigos entraram no banheiro e ampararam a mulher. Renata não a viu por um bom tempo, mas ouvia a mulher e um dos amigos conversarem na cozinha. O outro amigo procurava pela Renatinha. Renata encontrou o amigo e ele disse que a outra mulher parecia muito mal, mas nenhum dos dois ouvia nem falava nada sobre aquilo. O amigo lavou o rosto e quase desabou sobre o vaso sanitário. E Renata pensou que ele também chorava. Devia chorar também? Renata apertou as mãos. Eram seus dedos, era sua mão delicada. E ninguém ali, ninguém olhava para as mãos dela. Renata não conseguiu chorar.

No começo da manhã sua mão fria tocava o vidro da janela, mais frio ainda. Dois processos. Renata encarou os dois processos, eles eram absurdos. Não os casos, não mais absurdos do que qualquer outro. Um processo apoiado no outro. E a encadernação e as páginas e todo o tempo que haviam perdido com aquilo. Tempo? Não sabia mais por que alguém perderia tempo em preparar aquilo. Não sabia o que fazia ali, naquele quarto, pensando nos dois processos.

Estou enlouquecendo? Estarei louca? Assim é ficar louco. Assim sou eu agora. Queria se agarrar a qualquer fórmula, queria repetir algum encantamento. Nada nunca mais fará sentido. Essa frase, era um provérbio basco? Era uma das infinitas citações do padrasto? Ela esfregou o braço direito com o esquerdo.

Minha tatuagem possui dois ponto e vírgula. Ela é do tamanho da tatuagem da Victoria. Eu amo minha tatuagem e espero que ela sinta o mesmo por mim. Eu agradeço a Deus por tudo, eu agradeço a Deus por mais este dia. Eu não estou morta nem estou viva, e de minha boca nunca saiu uma imprecação contra o Altíssimo. Neste exato momento eu estou com muito medo, estou quase me molhando de medo, meu Deus, meu Deus amado. O Senhor é um, o Senhor é tudo.

Foi isso. E depois fiquei chorando e chorando cada vez mais. Até que dormi várias vezes, eu acordava e fungava e depois apagava, até que fiquei com fome e liguei para a mãe. Logo depois o médico confirmou o diagnóstico. E a mãe me abraçou forte. Então havia uma tatuagem, dela. A primeira, aquela na coxa, *passionate intensity*. Você, meu irmão, tinha uns dois, três anos quando ela fez a segunda, *darkness drops again; but now I know*.

How do you say "braço?"

"Não sente a morte? Está no meio de nós. Alguém deixou Ele entrar".

– Você leu mesmo até aqui?

– Estava ficando bom.

– Eu acho que toda história que enfia deus no meio fica mais pobre.

– O autor concordaria com você.

Renata bocejou. Victoria fechou o livro e também bocejou.

– Seu pai ligou, Victoria.

– Claro. E deve ter deixado recado.

– Decerto. Eu que atendi. Ele falou: "diga para minha filha que encontrei o livro que ela queria. E que a mãe largou o jornalismo porque não precisava do diploma." Mas ele não falou que livro era.

– Meu pai é um sujeito doente.

– Decerto.

– Mas ele tem o livro.

– Se você for boazinha comigo e prometer que não vai contar para ninguém eu falo de outras coisas que seu pai disse.

Victoria aceitou.

Não me faça mentir para você

– O Jonas me perguntou se eu amava ele.

– Você mentiu?

– Eu também te amo, Vic. Mas ele queria saber se eu ia amar para sempre.

– Ele diz essas coisas.

– E eu disse, eu te amo agora, isso é verdade.

*

Luciana e Victoria acordaram embaixo da cama:

– Em quem você vai votar?

– Em quem me amar mais.

– Há poucos candidatos.

– E o amor deles... "o amor me faz querer ser melhor". Já começou o horário eleitoral?

– Acho que sim. Há poucos candidatos.

– Eu, Victoria, prometo anular todos os votos dos outros eleitores. Ou morrerei tentando.

– Você me ama mesmo? Vou desistir do Milo.

*

Victoria pensou na longa carta que não mostraria a ninguém.

"Eu penso em você noite e dia".

A menina ficou de pé, entre o espelho e a pilha de roupas.

Opus

Num dia quente e cheio de carpetes e móveis escuros e vista para um quintal de árvores altas e musgo por todas as pedras do quintal, ela cortou os pulsos. Primeiro os do gato, depois os dela. Fez pequenas incisões, nem saiu sangue. E passou o resto da tarde e a noite inteira pensando em se matar.

E se matou.

You fool, Carter is dead

– Como assim, Carter morreu? Carter era ela?

– Você não é meu pai, por que se preocupar?

– Filha... você me fez pensar que era suicídio. Quantos anos tinha?

– Uns trinta, nunca perguntei. Ela se matou.

– Eu já quis e tentei me matar.

– O senhor não tem 30 anos faz tempo.

– Não faz muito tempo a última vez. E sou bem mais novo do que o seu velhinho tarado.

– Você vai me levar ao velório pelo menos?

– Agora senti o sangue do meu sangue. É alguma moda as pessoas se matarem tão cedo?

– Quem não quer se matar?

– Sua mãe não queria. Eu insisti, e nada. Por isso comecei a beber.

– Pena que você ainda pode agradecer.

– Você tem a boca suja e o coração negro. Vai com essa roupa mesmo?

Minha filha é um Smurf

– Eu odeio a realidade. Eu odeio encarar os fatos. Eu odeio não haver uma puta chuva lá fora para o velório de uma mulher que mal conheci. Odeio ter arrastado meu pai postiço e relapso para um velório. Eu odeio. E odeio, disse o pai.

– Se eu te chamar de pai e prometer ligar, o senhor vai embora?

– Começou uma garoa bem fina. Eu disse pra você trazer uma blusa.

– Tem café e bolacha na outra sala.

– Quem foi essa Anna?

– Ela tinha um gato, um gatão chamado Numeral.

– Agora tudo faz sentido. Ela não tinha dinheiro.

*

Victoria segurava Numeral enquanto o pai arrumava a mala. Victoria:

– É assim que acaba.

– Sim. Que mais haveria?

– Sim.

– Você não troca de camiseta?
– Eu gosto assim.
– Eu também gosto.
– Então acabou. Vou visitar a mãe no sábado.
– Posso te chamar de filha? De Victoria?

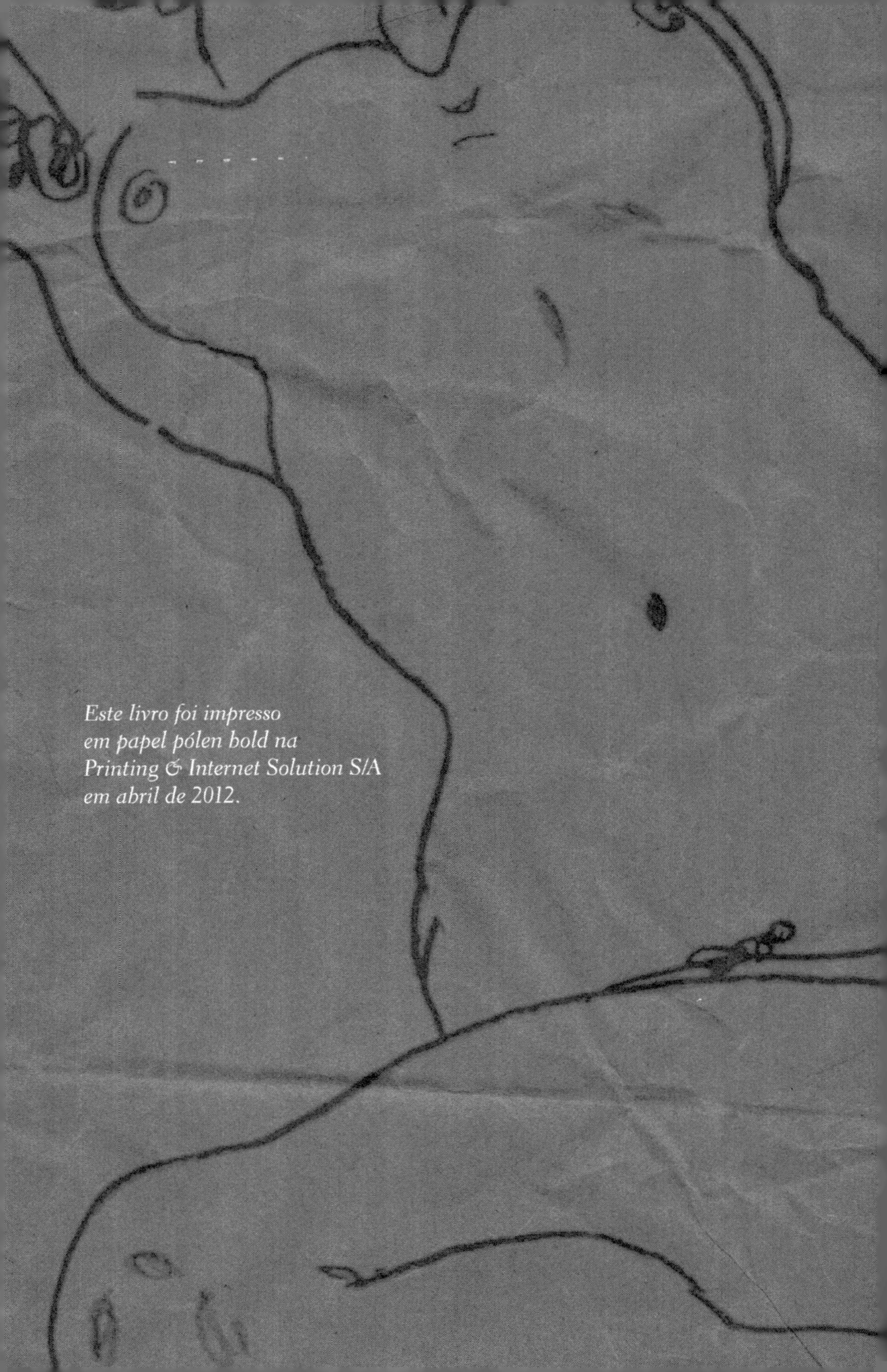

Este livro foi impresso em papel pólen bold na Printing & Internet Solution S/A em abril de 2012.